Juani Hernández

Una
visita
inesperada

Cinco relatos de Extrarradio

1ª edición: enero, 2018

Copyright © Juani Hernández, 2018
Obra registrada en Safecreative: 1801265589212

Corrección: Elena García
Maquetación: Juani Hernández
Ilustración de cubierta: Juani Hernández
ISBN: 9781977016133

Para esas lectoras
que querían un poco más
de Extrarradio.

Mil gracias a todas.

Contenido

Nota de la autora

Esto comenzó como una travesura. En mi grupo de Facebook de «Yo soy una musa...» organicé un concurso de relatos con Halloween como tema central al celebrarse en aquellas señaladas fechas. Uno de los pocos requisitos para concursar era que se utilizaran personajes de mis novelas y después... imaginación al poder.

Fue entonces cuando se me ocurrió la idea de incluir un relato de mi autoría, de forma anónima, como el resto de participantes. Jugaba con ventaja porque aparece un personaje muy querido por todas mis seguidoras, y así fue cómo gané, de forma simbólica, claro, pues dónde se ha visto que el organizador de un concurso sea el ganador.

Pero en ese momento me dije que podía darles a mis lectoras un poco más de Extrarradio. Siempre recibo comentarios acerca de que continúe con tal pareja, o que les cuente sobre tal personaje. Por eso, al relato de Ángel y Sofía, aquel que presenté al concurso, le acompañan cuatro más y un pequeño epílogo.

Solo espero que los disfrutéis y volváis a emocionaros con nuestros chicos de Extrarradio. Mil gracias por todo.

Cristina y Andrés

Como cada uno de noviembre, Carmen fue hasta el cementerio de Poio para poner flores frescas en la tumba de su adorado Emiliano. Cuánto extrañaba a su hombre… Habían pasado veinticinco años desde su partida, toda una vida, pero el dolor seguía tan vivo como el primer día.

La anciana suspiró y miró a un lado, a su nieta Cristina, quien se había ofrecido a llevarla en su coche e iba conduciendo por la carretera secundaria hasta el cementerio. Se parecía tanto a él… Reconocía sus rasgos en sus facciones femeninas, en su piel morena curtida con el sol y la sal, en su melena negra, y en su fortaleza, esa que ella misma no creía poseer. Sin embargo, la tenía; de lo contrario, no habría soportado todo lo ocurrido en el último medio año, ni sería capaz de sonreír, aunque su gesto no alcanzara sus ojos tristes. Y su mirada no brillaría hasta que no se decidiera a tomar las riendas de su vida.

—No hacía falta que me trajeras —murmuró conforme se acercaban al lugar—. Podría haber venido en el autobús.

—No digas tonterías, *avoiña* —replicó su nieta, sin mirarla, pero no era necesario que lo hiciera para comprender la desazón que la invadía en ese momento. Emiliano no era el único de sus difuntos que reposaba allí.

Cristina estacionó el vehículo en una zona previa al cementerio y dispuesta para ello. La afluencia de visitantes, como es lógico en el Día de Todos los Santos, era numerosa, aunque no solo por la fecha, sino por lo pintoresco de aquel camposanto. Unos pequeños portales daban acceso a los nichos y esa peculiar construcción para los difuntos despertaba la curiosidad de más de uno. Carmen no comprendía cómo había gente a la que le gustaba deambular de cementerio en cementerio para visitarlo; una ruta turística muy siniestra para su gusto. Tras salir del coche, se hizo cargo de una jardinera de dalias y lirios, Cristina cogió los dos jarrones, y juntas se dirigieron al panteón donde descansaban los restos de Emiliano.

Carmen miró de reojo a su nieta, cómo recorría aquel sendero empedrado con la vista fija en el suelo. Conociéndola, se sentiría culpable de haber tomado aquella decisión hacía meses, sobre todo porque, en el último tiempo, Cristina Castro estaba en el punto de mira de todo Combarro, y no se merecía tal escrutinio. Ella no había sido la culpable de lo sucedido, ni siquiera tenía sospechas de las actividades delictivas de su marido. Había que ser muy imbécil para dejarse los riñones, la piel y la salud en la playa de Padrón, marisqueando, con el frío calándole los huesos y el alma, si hubiera sabido que Bieito escondía bolsas repletas de dinero en un almacén en las afueras del pueblo. No, la pobre no tenía ni la más remota idea, y pese a que la ley la amparaba y habría podido ahorrarse el mal trago, respondió a la decena de interrogatorios a la que fue sometida por parte de la policía, contestando con lo poco, o nada, que sabía. Pronto parecía habérsele olvidado a la gente todos los crímenes de Bieito Carballo. ¿Tan difícil era de comprender que no hubiera querido ir a su funeral? ¿Qué homenaje podría rendirle a ese que se hizo llamar su marido, pero que la mantuvo presa de una mentira durante tantos años y que estuvo a punto de matarla? Sí, tal vez, también estaría muerta si no hubiera sido por Darío, y por Feijoo. Andrés Feijoo, teniente de los GRECO, y el hombre que podía iluminar la mirada de su nieta si se lo permitiera. Y no lo hacía por culpa de esa puñetera gente que se sentía con derecho a pedirle explicaciones.

Ahora, recorría aquel camino hacia el nicho de su abuelo con la mirada gacha para no enfrentar la de los paisanos que se cruzaban con ellas, por miedo a su juicio, a que no le permitieran seguir adelante con su vida. ¿Y quién *carallo* eran ellos para decidirlo? Pero el qué dirán disfrazado de costumbres y tradiciones la sometían, sin permitirle que levantara la frente.

Una vez llegaron al panteón, Cristina abrió las altas puertas de forja que resguardaban un altar en su interior, con una imagen de Emiliano presidiendo el pequeño espacio. Dejó las flores frescas y retiró los ramos marchitos para tirarlos en los cubos de basura de fuera.

Carmen no pudo evitar que las lágrimas empañasen sus ojos cansados al posarse en la fotografía de su marido, esa imagen dormida en el tiempo, pero que le recordaba de forma dolorosa que este seguía avanzando mientras él se quedaba atrás.

Pasó la mano por encima de su rostro que no había envejecido, y le rogó, como siempre, que le ayudara a no lamentar los momentos que ya no podrían vivir juntos, sino a atesorar los que habían compartido. Del último al primero. Ese con el que inició el resto de su vida.

Hacía más de sesenta años, pero ella recordaba aquella tarde de julio como si hubiera sido ayer. ¿Quién no conocía en el pueblo a Emiliano, *o pulpeiro*? Pese a sus escasos dieciocho años, ya había demostrado muchas veces su bravura para enfrentarse al desafío que el mar le lanzaba día a día. Era trabajador, honrado y buen mozo, aunque no se le conocían líos de faldas. Y había posado sus ojos en ella.

Carmen notó su mirada oscura como una noche sin luna nada más salir de la iglesia de San Roque. Emiliano la contemplaba mientras la imagen de la Virgen del Carmen abandonaba el templo para tomar rumbo hacia el puerto, en procesión, aunque él no apartó los ojos de aquella chiquilla que aún llevaba el cabello peinado en dos largas y negras trenzas.

Todas las embarcaciones aguardaban amarradas, engalanadas con flores, banderas y hojas de palmera, aunque una de ellas, la del patrón de Emiliano, era la más adornada, pues albergaba un puesto para la Virgen, un lugar privilegiado para aquel paseo con el que se adentraban en la ría y daban la vuelta a la isla de Tambo, volviendo después a tierra. Siendo así, el honor de ocupar los puestos del pequeño navío estaba destinado a gente pudiente y de renombre en el pueblo, pero Emiliano la agarró de la mano y la obligó a subir con él. Nadie puso objeción alguna, y Carmen, con la espalda apoyada en la borda, lo observaba; su gallardía, su porte, cómo sus fuertes y bronceados brazos se tensaban mientras ayudaba a su patrón a largar amarras para zarpar.

—Algún día tendré mi propio barco, y llevará tu nombre —le había dicho antes de dejarla allí, mecida por el suave vaivén del oleaje, pero anclada a él para siempre.

Esa noche, Carmen recibió su primer beso de amor, del único hombre que habría en su vida, y que el mar terminó arrebatándole en un último desafío que Emiliano no pudo vencer.

Un suspiro de trémula tristeza escapó de los labios de la anciana. Tenía el firme convencimiento de que, de seguir vivo, no habría permitido que tanta tragedia cayera sobre su familia. Por fortuna, parecía que todo comenzaba a encarrilarse, lo que tenía solución, claro, pues Wenceslao debía pagar sus deudas con la justicia y con la propia vida por su mal proceder. Por el contrario, Darío estaba recogiendo los buenos frutos de todo lo que había sembrado a lo largo de los años. No solo estaba triunfando con su música —estaba en Latinoamérica en una gira muy importante—, sino que se había casado con una muchacha estupenda que lo adoraba y que se había ganado desde el primer momento su lugar en la familia Castro.

Sin embargo, Cristina era otro cantar, pues sus errores no eran tan terribles como para merecer tanta desdicha. Solo tenía treinta y siete años, puñetas, aún le quedaba toda la vida por delante y la oportunidad de ser feliz.

Su nieta había abandonado el panteón, para concederle unos momentos de intimidad, con la excusa de buscar una de las escobas que el cementerio disponía para que los familiares limpiaran el lugar, pero ya había regresado y la escuchaba trajinar detrás de ella. Así que Carmen recolocó las flores y ordenó los tapetillos del altar.

—Bien que podrías ponerle el mismo esmero a la tumba de tu marido —se escuchó una voz femenina en el umbral, cuyo tono duro y acusador retumbó en el pequeño panteón.

Cristina alzó el rostro con un sobresalto, sosteniendo con ambas manos la escoba, para toparse de frente con Conchiña, la madre de Bieito. Palideció. No había vuelto a verla desde la muerte de su marido, y las pocas veces que esta había querido ver a sus nietos, había sido por mediación de Elvira, su madre.

—Tiene a su familia para que se encargue de él —respondió con un hilo de voz, bajando la cabeza para volver a su tarea.

Sin embargo, su suegra entró en el panteón para encararla, una provocación, y ella dejó la escoba a un lado, sin más remedio que enfrentar aquella discusión. Carmen, por su parte, empezó a acercarse, aunque se quedó al margen.

—Fue tu marido y te dio dos hijos —la increpó Conchiña, sin piedad.

—Cierto, y pretendía matar a mi hermano —le recordó, alzando la barbilla y sosteniéndole su aniquiladora mirada con una fortaleza que no sabía de dónde salía.

—¿Es que el santo de tu hermanito no tiene sangre en las manos? —escupió las palabras con asco.

—Si consideras que el alma de tu hijo merece flores, Conchiña, ¿por qué mi nieto no tiene derecho a limpiar sus culpas? —intervino finalmente Carmen—. Si Feijoo no lo hubiera impedido, Wenceslao estaría aquí, haciéndole compañía a Bieito, asesinado por su propio cuñado. Y tal vez Cristina también.

—Feijoo es el policía con el que te revuelcas, ¿no? —le preguntó la mujer de malos modos a la mariscadora, ignorando el discurso de la anciana.

Cristina dio un paso al frente, con los puños apretados y la cara crispada, enrojecida por la rabia y la vergüenza. Sin embargo, Carmen tiró de ella para apartarla y se puso delante.

—Mi nieta estuvo casi diez años durmiendo con un asesino, ya va siendo hora de que se acueste con un hombre de verdad —le espetó, con una mueca burlona que a Conchiña le repateó el hígado—. Y ahora, lárgate —le exigió, señalando a la puerta con un cabeceo—. ¿O quieres que lo llame y le pregunte qué opina de que la estés molestando?

Conchiña farfulló algo incomprensible, con la boca torcida por la furia, pero acabó desistiendo y se marchó. Acto seguido y en silencio, Cristina volvió a coger la escoba para continuar barriendo, con tal de tener sus temblorosas manos ocupadas. Notaba el corazón golpeando contra sus costillas de forma dolorosa, tamborileando en sus sienes, y temía que sus piernas trémulas flojearan hasta el punto de caerse al suelo. Por fortuna, su abuela no hizo comentario alguno, pero cada vez que recordaba lo que le había soltado a Conchiña… se sentía enrojecer del apuro, sobre todo porque no era verdad. Al menos la parte de Andrés no lo era.

—Volvamos a casa, *filliña* —decidió su abuela al cabo de un rato. Y ella lo agradeció porque solo le apetecía encerrarse en su cuarto para no salir en un mes.

Sabía que ese momento llegaría antes o después. Durante esos tres meses, solo había tenido que lidiar con los cuchicheos del pueblo y las miradas suspicaces por parte de sus vecinos. No sabía si no terminaban de creer que ella no tuviera ni idea de en lo que estaban metidos Wences o Bieito, o la culpaban por no ser una viuda abnegada. No, ni estaba llorando por las esquinas ni vestía de luto, ni siquiera había ido al entierro para fingir que lamentaba su muerte. No la deseó, no era tan malvada, pero no estaba dispuesta a darse golpes de pecho para satisfacer tanta alcahuetería.

No obstante, sentía que se hundía en el mismo agujero en el que se sumió años atrás, cuando Darío se fue y ella se dio cuenta de que le faltaba valentía para enfrentarse a su destino, cuando decidió que casarse con Bieito y quedarse en aquel pueblo era lo mejor que podía pasarle. Ahora, igual que entonces, tampoco se atrevía a dar un paso adelante.

—¿Qué haces cuando hundes la gancha en la arena y no salen conchas? —le preguntó de pronto su abuela.

Ya iban por la carretera que se dirigía a Combarro, que bordeaba aquella costa que ella le nombraba sin que Cristina atinase a comprender el motivo.

—¿Qué haces? —insistió la anciana, mirándola con insistencia.

—Pruebo… en otro sitio —respondió, titubeante, pues seguía sin entenderla.

—¿Y por qué narices ahora no lo haces? —demandó, un tanto molesta, cosa que extrañó a la más joven—. Yendo a la deriva, no arribarás a buen puerto —añadió, reprendiéndola—. Toma el timón de tu vida de una vez.

—*Avoíña*… No…

Cristina fijó la vista en la carretera, apretando el volante entre sus manos. No creía estar preparada para esa discusión.

—Hago lo que puedo —se justificó en voz baja—. Y dentro de lo que cabe, no me está yendo tan mal. Los niños están...

—Los niños están muy bien, te encargas de tu casa y de trabajar fuera de ella. Y eres buena hija... y nieta —añadió a su lista—. Solo falta que recuerdes que también eres mujer —clavó la puntilla final, la que Cristina temía—. Tenía la esperanza de que tú y ese chico...

—No sigas por ahí —le pidió. Trató de sonar dura, pero de su boca salió un quejido lastimero que la delataba.

—Feijoo te gusta, ¿no? —demandó con insistencia, sin embargo.

—Abuela... —resopló. Gustarle era poco.

—Y no puedes ser tan tonta como para no darte cuenta de que tú le gustas a él —le reprochó, y Cristina se sentía tan avergonzada que tenía ganas de parar el coche, correr hacia la orilla y hundirse en el mar—. Lleva tres meses viniendo cada viernes a verte. Y no creas que me trago el cuento de que es por la investigación sobre los negocios de tu marido —le advirtió al ver su intención de replicar—. Se bebe una cerveza, echa una partida a la consola con Emilio, toma café con las muñecas de Ana, y después de pelar la pava contigo un rato, se va. Seguro que ni manitas hacéis.

—¡*Avoiña*! —exclamó Cris, escandalizada, notando que se ponía roja como un tomate.

—Ningún hombre aguantaría eso si no le interesaras de verdad —siguió torturándola—. ¿Cuánto tiempo crees que va a esperarte?

—No... No quiero que lo haga —confesó en voz muy baja.

—No me lo pareció en la boda de tu hermano Darío —añadió para terminar de torturarla.

—Por favor, abuela... —jadeó, quebrándosele la voz en mitad de un sollozo.

—Para el coche —le pidió entonces la matriarca de Los Castro. Se estaban acercando a la entrada de Combarro, y había zonas en los márgenes en los que se permitía estacionar. Ella misma alargó una mano para indicarle dónde podía hacerlo.

—¿A qué viene todo esto? —preguntó su nieta, buscando un paquete de pañuelos de la guantera.

—¿Es porque detuvo a tu hermano? —preguntó Carmen de pronto, y todo el arrebol que coloreaba las mejillas de su nieta a causa del sofoco se esfumó de golpe.

—No —respondió en un susurro apenas audible, rehuyéndole la mirada.

—No me mientas, Cristina —le reprochó la anciana.

—A mí no me importa —se defendió. Le lanzó una mirada fugaz, aunque pronto volvió la vista a sus dedos, que jugueteaban con el pañuelo de papel húmedo—. Mi hermano es quien actuó mal. Andrés solo cumplía con su deber, pero…

—Ajá, siempre hay un «pero», y el tuyo es del tamaño de un pueblo entero —decidió, señalando con el índice hacia adelante—. Como reza el dicho, «pueblo chico, infierno grande».

Cristina no respondió, se limitó a secarse la nariz con el pañuelo.

—Has visto lo que ha ocurrido en el cementerio, ¿no? —demandó, incisiva, y su nieta la miró, molesta—. No les hace falta saber si es cierto o no para criticarte —apuntó, mordaz—. Pues ya que van a hacerlo, ¡que sea con motivo! —exclamó, enfadada—. Tienes derecho a ser feliz por encima de la opinión de este… nido de víboras.

—Por desgracia, vivo en él —le recordó, encogiéndose de hombros.

—Porque tú quieres —le recriminó con dureza—. Creí que ya habrías aprendido la lección después de lo de Darío…

—¿Y qué quieres que haga? —inquirió, sintiéndose arrinconada—. ¿Adónde quieres que vaya? ¡Solo sé hundirme en el agua hasta las rodillas y limpiar casas! —exclamó, dolida y avergonzada, y Carmen comprendió de golpe lo que ocurría. Cristina no necesitaba la opinión de los demás castigándola, pues ya lo hacía ella sola, sin ayuda de nadie.

—Son dos trabajos muy honrados, como cualquier otro —le recordó con tono sosegado—. Y no creo que a Feijoo le importe. ¿O es que eso es lo que te gusta de él, que sea policía y tenga un buen sueldo? —preguntó, sarcástica, con la única intención de provocarla.

—¡Claro que no! —se defendió con ardor, tal y como Carmen esperaba.

—No, tú no eres una interesada. Te has deslomado día tras día en esa ría para salir adelante —le dio la razón—. Entonces, el interesado es Feijoo —le lanzó otra puya. Cristina iba a replicar, aunque no le hizo falta al ver una sonrisa pícara en los labios de su abuela—. Tampoco. A ese hombre le importa un pimiento a qué te dedicas. Le gustas porque…

—¿Por qué? —exclamó, con renovadas lágrimas cayendo por sus mejillas—. ¿Qué tengo yo de especial para que un hombre como él se fije en mí?

—Yo lo tengo clarísimo —apuntó la anciana, con pasmosa calma—, pero no soy yo quien te lo tiene que explicar. Así que vas a ir a preguntárselo a él.

Cristina sacudió la cabeza, convencida de que no había escuchado bien.

—Vamos, déjame en mi casa y vete a hablar con Feijoo. Los niños se quedan con nosotros, así que no te preocupes si llegas tarde esta noche —decidió de pronto. Luego se reacomodó en su asiento y miró hacia el frente.

—No… no puedo hacer eso —murmuró, apurada.

—En ese caso, llámalo y dile que no venga a verte, ni este viernes ni nunca —añadió, en tono duro, sin mirarla—, porque si hay algo que no puedes hacer es dejarlo esperándote si no quieres nada con él.

A la joven la recorrió un estremecimiento al pensarlo, al verse renunciando a lo único que hacía palpitar su corazón con fuerza, con ganas. Quiso defenderse, reprocharle a su abuela su falta de comprensión, pero no lo hizo porque la anciana tenía razón. Aún recordaba el momento en que Andrés le dijo que tenía todo el tiempo del mundo para esperarla, y aún temblaba al rememorar el día que fue a comunicarle la muerte de Bieito y acabó confesándole que la quería. Habían pasado tres meses desde entonces, doce viernes ya, pero en los que solo habían compartido miradas y algún que otro beso robado. Dudaba que eso fuera suficiente para un hombre como Andrés, porque para ella tampoco lo era, pero había descubierto que la muerte de su marido no la convertía en una mujer libre; ella misma era su propia carcelera.

Emprendió la marcha con lentitud, un silencio denso llenaba el habitáculo, y no se quebró hasta que aparcó frente a la casa de su familia.

—Nos vemos mañana, *avoiña*—dijo entonces Cristina, y Carmen, con una gran sonrisa en la cara, agarró las mejillas de su nieta y llenó una de ellas de minúsculos y apretados besos.

—Hasta mañana —se despidió, tras lo que salió del coche.

Cristina tomó aire, que se convirtió en una exhalación temblorosa, y sin querer pensarlo más tiempo por miedo a arrepentirse, echó mano de su bolso, que estaba en el asiento trasero, y cogió su teléfono móvil. Buscó entre sus contactos aquel número al que no había llamado nunca, pero que tenía por precaución. Por suerte, le respondió enseguida.

—¿Cristina? —preguntó aquella voz masculina. Ella ya suponía que tenía su número grabado, aunque era lógico que le pareciese rara su llamada—. ¿Va todo bien?

—Hola, Fede. Sí, tranquilo —añadió con premura.

—Estupendo —respondió el compañero de Andrés—. Entonces... tú dirás.

—Verás... —titubeó—. Necesito pedirte un favor —dijo finalmente.

Porque era cierto, ella misma era su propia carcelera; sin embargo, también tenía la llave para deshacerse de esas cadenas.

Andrés aplastó el cigarro consumido en el cenicero y devolvió la vista al montón de informes que tenía repartidos en la mesa de su comedor. Era festivo y no había tenido que ir a trabajar, pero eso no significaba que no pudiera llevarse papeleo a casa. Total, tampoco tenía nada mejor que hacer.

De buena mañana, había salido a correr, como cada día. Para él, era condición indispensable estar en forma por su trabajo. Jamás se perdonaría que un sospechoso se le escapase por ahogarse en mitad de una persecución por falta de resistencia, y suplía con ejercicio su afición a fumar. También le hacía sentirse menos culpable y disfrutar así de ese pequeño vicio. No tenía otro. Solo bebía de vez en cuando, nada que se pudiera considerar una costumbre, y en cuanto a las mujeres…

Cogió su móvil, olvidado por algún sitio de la mesa, y desbloqueó la pantalla. No obstante, al cabo de un segundo, volvió a soltarlo, resoplando pesadamente en el proceso. No quería llamarla. Bueno, sí quería, pero no debía. Desde el principio se había obligado a darle su espacio, no era fácil por todo lo que Cristina estaba pasando. Sin embargo, pese a estar convencido de que actuaba del modo correcto con ella, él estaba cada día más ansioso, nervioso… impaciente.

Andrés nunca había sido un hombre de relaciones, sí, las había tenido, pero fueron más bien cortas. Formaba parte de las consecuencias de la carrera que había escogido y no había muchas mujeres dispuestas a que las dejaran solas en la cama cuando lo llamaban de madrugada por alguno de sus casos. Su trabajo les resultaba excitante en un principio, el riesgo, la fuerza y el poder, pero esa excitación pronto era sustituida por el fastidio cuando lo anteponía a ellas.

No se quejaba. Nunca le importó demasiado, tal vez, porque tampoco se había tomado muy en serio aquellos romances. Pero con Cristina era distinto.

Se sorprendió de sus propias palabras cuando le dijo aquel día, hacía ya tres meses, que quería hacer las cosas bien con ella, sobre todo porque era verdad. Sin embargo, ¿qué coño era «hacer las cosas bien»? No tenía ni puta idea… Por ejemplo, ahora reprimía las ganas de llamarla, para no atosigarla, para darle el consabido «espacio», pero ¿y si ella creía que le interesaba tan poco que se conformaba con verla una mísera vez a la semana, con robarle un beso de vez en cuando? Y lo único que conseguía era un calentón de órdago, la insatisfacción al no poder cumplir sus deseos de desnudarla y hundirse en ella, y la preocupación de estar en un callejón sin salida y que se fuera todo a la mierda por no atreverse a saltar el muro. Y llegados a ese punto, siempre lo asaltaba la asfixiante sensación de que acabaría perdiéndola hiciera lo que hiciera, sin haberla tenido siquiera.

—Mierda… —resopló, pasándose las manos por la cara.

Fijó la vista en la pantalla de su portátil, decidido a proseguir aquel informe.

Era una transcripción telefónica, una conversación mantenida con Tobías, la mano derecha de Gregorio Bermudes, el capo del mayor cártel de Colombia. Habían contactado con él por mediación de Wenceslao. El verse privado de libertad y en una silla de ruedas, tal vez, de por vida, había cambiado su percepción del bien y el mal. Su colaboración con la policía en esa investigación no lo eximiría de todas sus culpas, pero quizá liberaría en parte su cargo de conciencia. El caso era que estaban muy cerca de hacer caer a toda la organización, del primero al último y, en esta ocasión, Andrés no quería saltarse ningún paso, aunque tuviera que perder tiempo con el puñetero papeleo. Ya le dieron un buen tirón de orejas cuando sospechó que Fernández, el policía local de Poio, era un topo y no dijo nada. El resultado de su silencio fue la muerte de Bieito, y tuvo mucha suerte de que no le costara su carrera.

De pronto, le llegó la notificación de un correo electrónico, de un antiguo compañero de la academia, y aún amigo, y que trabajaba en el Departamento de Extranjería, en Madrid. Hacía un par de días que se había puesto en contacto con él para pedirle cierta información de índole más bien personal, un pequeño favor a una amiga, y acababa de responderle.

Leyó el correo, sintiendo cierto alivio con su respuesta, y se apresuró a contestarle para darle las gracias. Luego, recuperó su teléfono de encima de la mesa y buscó entre sus contactos el número de su amiga. Sin embargo, no pudo realizar aquella llamada pues lo interrumpió el timbre de la puerta. Se dispuso a abrir, aunque sin alcanzar a imaginar quién podía ser. No era el típico vecino al que fueran a pedirle sal, y ¿acaso los comerciales de telefonía trabajaban en días festivos?

Aun así, tampoco se paró a comprobar por la mirilla quién era, y abrió sin más.

—Joder… —murmuró al ver a Cristina frente a él.

—Ho… hola —titubeó ella ante su reacción, y Andrés se habría dado de bofetadas por tener tan poco tacto. Pero ¿cómo iba a imaginarse que fuera Cristina?—. Yo…

—Entra, por favor —le pidió con rapidez, tratando de controlar la situación—. Perdóname, no creí…

Cristina accedió y al pasar por su lado, lo invadió su aroma a mujer, a flores y sal, una mezcla exótica que a él lo dejaba atontado. Tuvo que tragar saliva porque se le secó la boca, además de que no podía hilar un pensamiento con otro de modo coherente. ¡Cristina estaba en su casa!

—¿Cómo has sabido dónde vivo? —le preguntó de pronto, al caer en la cuenta.

—Bueno… yo… —balbuceó ella, jugueteando nerviosa con uno de los botones de su abrigo negro.

Cristina no había pensado en que podría enfadarse al haberle pedido su dirección a su compañero. Sin embargo, aunque trató de buscar una excusa con la que disculparse, no fue capaz. Andrés estaba de un guapo que mareaba. Llevaba puesto un suéter de cuello vuelto azul marino en el que se marcaban un buen número de torneados músculos, unos vaqueros oscuros enfundaban sus largas y robustas piernas y calzaba botas, confiriéndole a su vestimenta un aspecto juvenil.

—No me lo digas, ha sido Fede —dedujo él, interrumpiendo sus pensamientos. Seguro que estaba babeando como una tonta—. Cuando lo pille… —susurró, aunque no lo bastante bajo como para que ella no lo oyera.

—No pretendía molestarte —se disculpó con visible desilusión.

—¿Qué? No, no —la sacó de su error—. Lo que sucede es que un piso de soltero es un desastre por definición, y yo lo soy aún más —se justificó, rascándose la nuca, apurado—. Si hubiera sabido… Pero, pasa. —Le señaló el interior del apartamento, hacia el salón—. Estaba trabajando —añadió, yendo deprisa hacia la mesa y comenzando a recoger los papeles.

—Si te interrumpo, mejor me marcho —murmuró Cristina, azorada.

—No digas tonterías —contestó él, categórico. Caminó hacia ella y le cogió ambas manos. A Andrés le tembló el corazón con solo tocarla—. ¿Ha… ha sucedido algo? —preguntó, preocupado, por si ese era el motivo de que lo hubiera buscado.

—No —respondió en un hilo de voz, avergonzada, porque si le preguntaba para qué había ido…

Pero no lo hizo. Le pasó una de sus grandes manos por la nuca, le alzó el rostro y la besó. Andrés exhaló al capturar sus labios, invadiéndole la absoluta certeza de que aquella visita semanal hacía mucho que había dejado de bastarle. La besó con ardor, con todas las ganas que a él lo consumían cada vez que la veía y debía contenerse. Su anhelo por ella lo cegó un instante, pero se obligó a reprimirse una vez más, temía estar arrastrándola a algo que ella no quería. Ni siquiera sabía por qué había ido a verlo.

Rompió su beso, luchando contra su propio deseo, y resiguió la curva de su mejilla con los labios, hasta su oído.

—Cristina… —murmuró en lo que parecía un lamento, estrechándola con fuerza entre sus brazos.

—Entonces, ¿no quieres que me vaya? —la escuchó preguntar con voz trémula. Toda ella temblaba contra su cuerpo.

—¿Por qué querría que te fueras? —demandó, extrañado, incluso se separó ligeramente para poder mirarla a los ojos—. ¿Me lo preguntas en serio? —inquirió, frunciendo el ceño. Entonces vio su preocupación, su inseguridad, escudriñó en sus ojos de forma tan intensa tratando de comprenderla que la hizo enrojecer, y, de pronto, una sonrisa lobuna se dibujó en los labios masculinos—. Soy policía y se supone que soy de los buenos, pero me estoy planteando muy seriamente secuestrarte y que no salgas de aquí —dijo con socarronería, y los ojos de Cristina se abrieron como platos.

Feijoo no pudo evitar reírse y la abrazó. Pero hundió su nariz en su negra melena suelta, embriagándolo su aroma, y toda la diversión se fue al garete.

—Dime que has venido porque querías estar conmigo —le susurró al oído.

Su aliento era cálido, su voz ronca, casi un gruñido, y Cristina tuvo que agarrarse de sus hombros al notar que se tambaleaba. Andrés le mordió con suavidad el lóbulo de la oreja, y creyó que sus huesos se le volvían de gelatina cuando lamió con ardiente suavidad ese sensible punto donde notaba que su pulso iba a estallar.

—Andrés… tú… —tragó saliva, aclarándose la voz—, ¿quieres…?

—¿Sabes el tiempo que hace que deseo tenerte así? —demandó en un ruego.

Cristina no dijo nada, pero asintió con la cabeza. Lo recordaba muy bien. Una corriente cálida le anudaba el vientre cada vez que pensaba en aquel tórrido beso en su recibidor, tras la boda de Darío.

Entonces, Andrés comenzó a desabrocharle los grandes botones del abrigo, y jadeó cuando ella no lo detuvo.

—Jamás había deseado tanto a una mujer… —murmuró en tono grave mientras empujaba la pesada prenda por sus brazos y la hacía caer al suelo—. Me estoy volviendo loco —gimió, mirándola de arriba abajo.

Estaba tan guapa… Botas negras de tacón de caña alta, falda del mismo tono y blusa color vino, marcándose sutilmente sus redondeados pechos. Paseó las manos por sus brazos, subiendo hasta sus mejillas sonrojadas, porque Cristina se sentía como una jovencita en su primera cita. Nunca creyó que experimentaría algo así, ya era demasiado tarde para ella, ¿no? Pero Andrés tomó sus labios en un beso intenso, que arrancaba aquella idea de su mente, de raíz.

—Voy a hacerte el amor, Cristina —jadeó contra su boca—. Quiero hacerlo desde que te conocí. No sé si sería capaz de detenerme ahora, pero si tú no…

En un arranque de osadía salido de no sabía dónde, Cristina le impidió continuar, tapándole la boca con la suya, y él siguió sosteniéndole las mejillas, alargando el beso que ella le daba. Se adueñó de la cadencia de su caricia, tornándola en sensual ritmo, y le humedeció los labios con su lengua, suave, lento, incitándola para que le diera acceso. En cuanto los entreabrió, invadió la cavidad de su boca y la degustó a su antojo. Jugueteó con su lengua y disfrutó de ese sabor suyo a hembra que lo excitaba hasta el delirio, mientras notaba sus dedos agarrándose a él y uniéndose a la exigencia de ese beso con el que quería arrebatarle el aliento, turbarla hasta hacerle olvidar el mundo fuera de su apartamento.

Sin apartar su boca de la suya, comenzó a desabrocharle la blusa. Ella exhaló al notar sus nudillos bajar por el valle de sus pechos, rozándola, y a él le satisfizo la manera en que su piel reaccionaba a la más leve de sus caricias. Parecía que hubiera estado esperando ese momento incluso más que él, lo que era prácticamente imposible. Acabó con todos los botones y con la punta de los dedos recorrió el mismo camino de forma ascendente, deteniéndose unos segundos en la puntilla que adornaba el borde de su sujetador. La delineó con las yemas, alcanzando en fugaces ocasiones la piel que la prenda no cubría. Era cálida y suave, demasiado apetecible, y la respiración de Cristina se agitaba un poco más cada vez que la tocaba. Llevó las manos hasta los hombros femeninos, arrastrándolas por las líneas de sus clavículas y, en un movimiento lento hizo caer la blusa.

Ancló las manos a su cintura desnuda y abandonó su boca para poder contemplarla. A ella la invadió un ramalazo de pudor y apartó la mirada, incluso hizo el ademán de cubrirse con los brazos, aunque Andrés se lo impidió.

—No hagas eso… Eres preciosa —murmuró con ardor, deseando que lo creyera, porque así lo creía él.

—Ya no tengo veinte años —lamentó, cabizbaja.

—Yo tampoco —le dijo al oído, tras lo que comenzó a dibujar un sendero de húmedos y cálidos besos en su cuello—. Y tampoco quiero a una jovencita. Te quiero a ti, y de todas las formas posibles —susurró de nuevo en su oído.

—Andrés… tú…

Feijoo le dio un beso en los labios con el que acallar sus dudas.

—Así lo sentí cuando te lo confesé hace tres meses —pronunció sobre su boca—. Tal vez no he vuelto a decírtelo, pero no soy hombre de palabras, Cris, si no de hechos.

—¿Por eso me has esperado todo este tiempo? —preguntó en un hilo de voz, notando sus cálidas manos viajando por su espalda.

—Sí, y te juro que casi muero en el intento —trató de bromear, aunque su voz ronca sonó como un lamento, un ruego.

Entonces, ella cogió el borde de su suéter y tiró hacia arriba. Un tanto sorprendido, y muy complacido, Andrés levantó los brazos para ayudarla a quitarle la prenda. Cristina tragó saliva al ver su torso desnudo, sus marcados músculos. Sí, era un hombre muy atractivo, pero más allá de eso, lo que la estremecía era la certeza de que, rodeada por esos fuertes brazos, podría protegerla de cualquier cosa.

Como si hubiera leído su pensamiento, Andrés la abrazó, la apretó contra su duro pecho, entrando sus pieles en contacto. Ambos suspiraron, recibiéndose el uno al otro, pero la notaba temblar y se temía que no fuera de frío.

—Voy a cuidar de ti —le dijo, besando su pelo—. Jamás te he mentido, ni lo haré. Hay cosas de mi trabajo que no puedo…

Cristina acarició sus labios, acallándolo.

—Confío en ti, Andrés —le aseguró, y él le besó la punta de los dedos. Luego, cogió su mano y tiró con suavidad, llevándola hasta su cuarto, hasta su cama.

La sentó en el borde, se arrodilló frente a esa mujer que le encantaba más de lo que jamás habría imaginado y, sin apartar los ojos de ella, le quitó las botas. Después recorrió la curva de sus pantorrillas, hasta sus muslos, por debajo de la falda y la deslizó hacia arriba para que pudiera abrir las piernas. Andrés acomodó la cintura entre ellas y buscó su boca mientras que sus manos seguían subiendo por sus costados. Su lengua se abrió paso con ardor, y Cristina se dejó embriagar por la bruma de la pasión que ese hombre despertaba en ella con sus caricias. Sus dedos seguían su camino hasta sus pechos, y ella no pudo contener un jadeo cuando alcanzó sus pezones. Notó que se tensaban con su roce, un delicioso tirón al endurecerse, y que bajaba en forma de cálida sacudida hasta su vientre. Su cuerpo respondía de una manera que a ella la turbó, pero a la que decidió abandonarse. Andrés comenzó a quitarle el sujetador y ella dejó relegado en el último rincón de su mente su pudor, descubriendo que deseaba sentir todo lo que él quisiera darle. Entonces, Andrés acunó uno de sus pechos en una palma y pasó el pulgar por el fruncido brote, tentándolo una vez más antes de cubrirlo con su boca.

Cristina jadeó, asaltada por un latigazo de placer. Le agarró la cabeza, y él gimió al comprender que le gustaba. La empujó para hacerla caer en la cama y se colocó a horcajadas sobre su cadera. Buscó sus labios para besarla con intensidad, robándole el aliento. Tentó ambos pezones con los dedos hasta que Cristina gimió contra su boca, alimentando su propia excitación. Sentía su miembro a punto de estallar, pero quería que aquello durase, disfrutarla toda primero.

Bajó la cabeza para tomar uno de los pezones con su boca y con las manos buscó el cierre trasero de la falda. Tras abrirlo, empujó, arrastrando la prenda junto con las medias en el proceso. Se retiró un poco para poder quitárselas del todo, pero pronto volvió a su cuerpo, cubriendo su piel de besos y caricias.

La respiración de Cristina se agitaba por momentos a causa de la anticipación. Andrés lamió uno de los sonrosados pezones con la punta de la lengua y ella se arqueó, alzándose su pelvis hasta rozar su miembro erecto. Fue un movimiento instintivo, la respuesta del cuerpo femenino a sus caricias, pero Andrés gruñó, luchando por controlar su excitación. Metió una mano entre sus muslos y presionó por encima de las braguitas.

Ahogó un juramento. Notaba su humedad pese a la barrera de la ropa interior, y sus dedos serpentearon bajo el elástico de la prenda sin poder reprimir las ganas de acariciar su piel mojada por el placer que él le provocaba.

—Joder, Cris… —gruñó al sentir cómo resbalaban sus dedos. Pero tenía que sentirla más. La cadera femenina se movía buscando sus dedos, se retorcía, era insuficiente, una tortura con la ropa interior estorbando, y él era de la misma opinión.

Se arrodilló en el suelo frente a ella y se la quitó.

—Andrés… —jadeó Cristina, entre turbada y deseosa cuando le separó los muslos y la abrió para él. Metió la cabeza entre sus piernas y barrió con su lengua la brillante excitación, arrancándole un largo gemido que a él le supo a gloria. Como ella… Era exquisita… su sabor era embriagador, lo aturdía, lo subyugaba como una potente droga. Acarició su clítoris con el pulgar y hundió la punta de la lengua en su entrada, buscando más, y ella le entregaba su placer, sus gemidos, y separaba las piernas aún más para disfrutar de lo que él le ofrecía. A Andrés le volvía loco que se le diera de esa forma… Le pasó los muslos por encima de sus hombros para tener mayor acceso a su sexo y devorarlo con gula. Quería más, quería hacerla estallar con su boca, con fuerza, y degustarla hasta que no quedase nada, hasta que ella pensase que no podría haber mayor placer. Y entonces le demostraría lo equivocada que estaba.

Notó contra su lengua que su carne temblaba, que los primeros espasmos de su orgasmo chocaban contra su boca. Así que le introdujo dos dedos y comenzó a bombear con suavidad, mientras que su lengua prodigaba ardientes caricias sobre su clítoris inflamado.

—Andrés… Oh… —gimió ella, asaltándola un potente éxtasis.

Él retiró los dedos y metió la lengua en su lugar, alimentando aquel creciente orgasmo y gozándola a ella, emborrachándose de su sabor. Los jadeos de Cristina eran agitados, erráticos, y su cadera se separó de la cama cuando Andrés se retiró, como si su cuerpo se dejara llevar por sus deseos y le pidiera más. Y él iba a dárselo.

Mientras ella languidecía, recuperando el aliento, él terminó de quitarse la ropa y buscó un preservativo en la mesita, que se colocó con toda la rapidez que sus manos temblorosas le permitieron. Cristina estaba en su cama, desnuda, y él apenas podía soportar el deseo de hundirse en ella.

Se unió a esa mujer que lo hacía enloquecer y la recolocó en el centro del colchón para que estuviera más cómoda. Tenía las mejillas sonrosadas por la pasión recién compartida, la mirada brillante, y se mordió el labio inferior cuando él la cubrió con su cuerpo. La besó con ardor mientras se posicionaba sobre ella, con cuidado para no hacerle daño con su peso. Cristina jadeaba contra su boca, temblaba debajo de él cada vez que la tocaba, con cada roce. Su piel seguía sensible tras su orgasmo, y se estremeció de pies a cabeza cuando Andrés encajó su cuerpo entre sus preciosas piernas y su miembro se abrió paso en su interior con lentitud. Sus ansias lo instaban a hacerlo de una vez, embestirla con ímpetu, pero ese sería el desahogo de su cuerpo y él quería mucho más. Se hundió en ella hasta lo más profundo y se detuvo, mirándola a los ojos. Quería que se sintiera plena de él, su corazón y su alma, y quedarse en ellos para siempre.

—Andrés… —murmuró Cristina, agarrándose a su espalda, sobrecogida.

—Te quiero —le dijo, grave, traspasándola con la mirada. Buscó sus labios y comenzó a mecerse sobre ella, en un vaivén lento y sensual, ardiente y contenido.

El cuerpo de Cristina se acoplaba al suyo maravillosamente bien y notaba el placer recorriéndolo, hasta concentrarse en su sexo. Llevaba meses deseándola, preguntándose cómo sería tenerla así, cuando ella decidiera entregársele, y para su gozo, ella se daba por entero, superando cualquier expectativa, cualquier sueño. Sus dedos se clavaban en su espalda, delineando la curva de sus músculos, y sus largas piernas lo rodeaban, apretándose contra él y pidiéndole en silencio que llegara más lejos, que le diera más… todo.

—Joder…

Buscó su tenso e inflamado clítoris y comenzó a acariciarla con maestría. Se sentía al límite de su resistencia, y necesitaba su culminación tanto como la suya propia. Quería hacerla vibrar, que lo aprisionase entre sus suaves paredes cuando la sacudiese un nuevo orgasmo. Cristina alzaba la pelvis yendo en su busca, uniéndose a su ritmo que se tornó intenso, que arrancaba gemidos y los sumió en un repentino placer que prendió sus cuerpos en llamas.

Andrés maldijo en un gruñido mientras ella gritaba su nombre. Un éxtasis arrollador les robó el aliento, hacía bullir su sangre, y él no abandonó su cuerpo hasta que el hormigueo del clímax no desapareció por completo. Había hundido el rostro en el cuello de Cristina, respirándola, y de pronto, notó su garganta vibrar. Alarmado, alzó la cara y vio que ella tenía los ojos cerrados y los labios apretados, mientras una lágrima peregrina resbalaba por su mejilla.

En un principio temió haberle hecho daño pese a tratar por todos los medios de ser cuidadoso, y entonces Cristina abrió los ojos. Lo estremeció ver aquella emoción en sus oscuras pupilas, y le dio un vuelco el corazón al entender el motivo de aquel sollozo ahogado. Abarcó su rostro con ambas manos y la besó, un beso largo y lento, dulce.

—Acabas de darte cuenta de lo que te estabas perdiendo, ¿eh? —bromeó él, y funcionó, pues Cristina se echó a reír, ambos lo hicieron.

—Y tanto… ¡Cómo he podido vivir hasta ahora sin esto! —le siguió el juego, y él alzó la cabeza, soltando una carcajada.

—Me encantas —le dijo, todavía riéndose.

—¿Sí? —demandó ella, pasándole una mano por pelo cortado al uno, pero toda la diversión se había esfumado de su bonito rostro.

Andrés se puso serio. Se tumbó a su lado, apoyándose en el codo y la giró hacia él para mantenerla cerca. La observó un instante, volvía a ver en sus ojos oscuros la inseguridad. Suspiró. Le pasó un largo mechón por detrás de la oreja y, sosteniéndole la mejilla, se inclinó para darle un suave beso.

—Ahora que sé lo que es tenerte —comenzó a decirle en voz muy baja, acariciándole los labios con el pulgar—, yo sí me pregunto cómo he podido vivir hasta ahora sin ti.

—Andrés… —gimió ella, abrumada.

—No sé por qué siento esto, por qué mi corazón late con tanta fuerza cuando te veo —añadió, llevándose un instante la mano al pecho, pero no tardó en volver a acariciar su rostro—. Tú lo has dicho antes, ya no tenemos veinte años, pero cuando estoy contigo me siento como un chiquillo ilusionado. Eso ha sonado muy cursi, ¿no? —decidió, frunciendo los labios.

Cristina no respondió, pero lo observaba sonriente, con las mejillas enrojecidas.

—¿Qué tal esto? —dijo él, de súbito—. El teniente Andrés Feijoo está enamorado hasta las trancas de Cristina Castro —recitó en tono teatral, y ella rompió a reír.

—Qué bruto.

—Tal vez, pero es lo que siento —le respondió, serio, y ella enmudeció de golpe—. Y no sé si es que no me crees o…

—Lo que nunca creí es que algo así pudiera pasarme a mí —le confesó, rehuyéndole la mirada, apurada—. Yo no…

Andrés se cernió sobre ella y atrapó su boca en un beso cálido e intenso.

—Eres maravillosa —pronunció en tono grave sobre sus labios, haciéndola estremecer—. Eres una mujer valiente, decidida.

—¿Yo? —inquirió, negando con la cabeza.

—Si no lo fueras, no habrías venido —le rebatió el policía—. Y no solo eso, sino que te has puesto a indagar sobre mi paradero, señorita Castro —bromeó, golpeándole la punta de la nariz con el índice, y ella enrojeció hasta las orejas.

—Por un momento he pensado que te había molestado al venir sin decirte nada —se quejó ella.

—¡No! Me ha encantado —rio por lo bajo—. Hazlo siempre que quieras —le pidió, pegándola a él y gozando de su desnudez—. Ahora me planteo más en serio lo de secuestrarte —añadió, haciéndola sonreír—. De todas formas, no me has dicho qué ha pasado para que se te haya ocurrido venir —apuntó, un tanto suspicaz.

—Prometo que mi única intención era la de hablar contigo —respondió con forzada solemnidad, arrancándole una carcajada a Andrés.

—A mí me ha parecido una conversación muy interesante —afirmó él, acariciando con suavidad la curva de su costado.

A Cristina se le erizó la piel con su toque, y en los labios masculinos se dibujó una media sonrisa de satisfacción al saber que aquel estremecimiento no era a causa del frío.

—Dame un segundo —le pidió, yendo al baño con rapidez para desechar el preservativo. Volvió con la misma premura a la cama, apartando la colcha antes de tumbarse con ella—. Anda, ven —le dijo, cubriéndolos a los dos, y le gustó sentirla junto a él bajo las sábanas—. ¿Qué querías decirme? —le preguntó, acomodándola sobre su pecho.

—En realidad… no lo sé —admitió ella, titubeante—. Me he dado cuenta de que llevas tres meses haciendo el tonto por mi culpa y…

—No estoy haciendo el tonto —atajó él, frunciendo el ceño.

La oyó resoplar, claramente disconforme, así que la tumbó de espaldas y él volvió a apoyarse en el codo, a su lado, para poder mantener esa conversación frente a frente.

—Ahora más que nunca estoy convencido de que vale la pena luchar por lo nuestro —murmuró, jugueteando de forma distraída con un largo mechón de su pelo—. ¿O qué pensabas, que todo era cuestión de echarte un polvo y si te he visto no me acuerdo? —inquirió, entre sorprendido y molesto al verla dudar—. Cristina… ¿tú me quieres?

—Sí —le contestó con toda la firmeza que no había visto en ella momentos antes.

—Entonces, ¿tan difícil es para ti creer que yo también te quiero? —demandó, al empezar a comprender dónde residía el problema.

Ella no dijo nada, pero le rehuyó la mirada, fijándola en el techo. De pronto, y sin poder evitarlo, una lágrima resbaló por su mejilla, y aunque trató de enjugarla con rapidez, Feijoo se dio cuenta.

—Joder…

Acunó su cara con una de sus grandes manos y la besó, un beso arrebatado, lleno de rabia e impotencia, y de todo el amor que sentía por esa mujer, pero que no conseguía que llegara hasta ella.

—¿Qué cojones te hizo ese hijo de puta durante todos estos años? —inquirió, tensando las mandíbulas.

—No, él no…

—No necesitaba pegarte para anularte como persona, como mujer —agregó, tratando por todos los medios de controlar su furia y de la que ella no era culpable—. Lo eres, Cristina —dijo ahora en tono más suave—, una mujer preciosa, que a mí me tiene loco y que merece ser feliz. Y quiero que lo seas conmigo —declaró con pasión—. No soy tan imbécil como para decirte que podrías serlo con cualquiera. Quiero que seas mía, como hace un momento, y no te estoy hablando del sexo —puntualizó para que no le quedasen dudas—. Y si tú quisieras intentarlo…

Cristina se abrazó a él, sobrecogida por sus palabras y por el frenético latir de su propio corazón a causa de una dicha que le venía por sorpresa y que nunca creyó merecer.

—Entiendo la situación —prosiguió el policía, sorprendiéndola aún más—. Combarro es un hervidero de chismes. Tu familia, tus dos hijos, tienen mucho que asimilar. Yo mismo detuve a tu hermano.

—No —negó con decisión, alzando el rostro hacia él—. No debes disculparte por eso, era tu deber y él cometió la falta.

Feijoo sonrió levemente, acariciándole la mejilla con los nudillos y luego la besó en los labios.

—En todo caso, sé que tú debes marcar el ritmo, y a mí no me importa dar los pasos que sean necesarios —le aseguró, con firmeza, pero en tono suave.

Cristina sintió unos deseos irrefrenables de llorar, aunque se obligó a no hacerlo. Ya había llorado suficiente. Ahora era el momento de ser feliz, y ese hombre que la miraba con sorprendente adoración le estaba mostrando el camino y no iba a desaprovechar la ocasión.

—Hmm, ¿qué te parece si empiezas invitándome a comer? —le propuso, y él sonrió del gozo.

—Y a cenar, si quieres, también —le dijo, mordiéndose el labio de las ganas que tenía de ella.

—¿Sabes? Por desgracia hay marea roja y mañana no se marisquea —murmuró, coqueta, enredando la punta del índice en vello de su torso.

—Es una verdadera pena —fingió él lamentarlo—. Pues yo mañana no creo que pase por la oficina —alegó con forzado tono serio—. Llevo una investigación entre manos muy importante que requiere toda mi atención.

—¿Qué investigación? —preguntó ella, con simulada inocencia, despertando el deseo de Andrés.

—Déjame que te vaya poniendo al día —murmuró con sonrisa lobuna.

La tumbó de espaldas y se cernió sobre ella, para cubrirla de caricias y besos, y de promesas de lealtad y amor.

Sofía y Ángel

Eran las siete de la mañana cuando Sofía abrió la puerta de la guardería. Seguramente, Marina la reñiría cuando llegara media hora después, pero apenas había dormido esa noche y, cuando dejó de dar vueltas en la cama a las seis, decidió que era mejor levantarse y aprovechar el tiempo pues había mucho trabajo que hacer en la guardería.

Era dos de noviembre, y un par de días antes habían celebrado Halloween. Todos los niños habían acudido disfrazados de pequeños vampiros, calabazas, fantasmas o cualquier cosa relacionada con la festividad, formando un bonito y variopinto abanico. Por su parte, las maestras se habían disfrazado de brujas, aunque obviando la cara pintada de verde para no asustarlos. Ella había elegido un vestido negro con forma de túnica, con picos blancos y negros, y cuyo cordón le había permitido ajustarlo por debajo del pecho, lo más cómodo para su embarazo de casi cuatro meses y que ya empezaba a notarse.

Al encender las luces, sonrió al ver parte de la decoración que aún colgaba de las paredes y el techo. La celebración se había alargado un poco porque a última hora de la tarde habían permitido la entrada a los padres que quisieran asistir, y acabaron tan cansadas que no habían terminado de retirar todos los adornos.

Entró en su aula y la recibió un ejército de arañas de papel pegadas a la pared del fondo con celo y que los niños habían pintarrajeado de negro. Cada una llevaba escrito por detrás el nombre del artista en cuestión, así que, tras retirarlas todas, las dejó en la mesa y se sentó en su silla para empezar a quitarles el celo y que cada niño se la pudiera llevar a su casa esa tarde.

Con la vista fija en sus manos, sus ojos se desviaron hacia el anillo que Ángel le regaló meses atrás cuando le pidió que se casara con él, con aquellas dos piedras de color azul pálido en forma de lágrimas. Lo echaba tanto de menos…

Tras terminar, por fin, las grabaciones de las canciones nuevas, Marco Farnesi los había mandado de gira por Sudamérica, mientras ultimaban todo para preparar su lanzamiento. Ninguno de los tres músicos había estado de acuerdo, pero, según Toni, era una buena maniobra de marketing, para abrir mercado, picarles el gusanillo y que comprasen el disco nuevo. Sin embargo, el manager comprendía que su situación personal había cambiado mucho y a Extrarradio ya no le gustaba tanto viajar como antaño.

Darío era un hombre casado y padre de un niño de siete años, aún no de forma legal, pero padre al fin y al cabo. Alejandro tenía que ir al colegio y el batería no quería que Vanessa descuidara su trabajo por un par de meses malos, como él decía. Además, su amiga se había reencontrado definitivamente con sus padres, iba muy a menudo a comer con ellos, y la espera se hacía más llevadera.

Lo mismo le dijo Raúl a Diana. Su trabajo en la clínica iba de maravilla, sobre todo ahora que también podía ayudar en la enfermería, y no valía la pena arriesgarse a perderlo después de todo lo que ella había luchado. Cierto era que se habían frustrado sus planes de irse a vivir juntos al piso, pero iban a casarse en unos meses, y la emoción de los preparativos mantenía a la joven ocupada.

Sofía suspiró, acariciando aquellas pequeñas lágrimas de piedra. Ella también iba a casarse con Ángel, el mismo día que Diana con Raúl, tal y como habían soñado cuando eran niñas, un sueño que se rompió en miles de pedazos cuando Ángel se marchó hacía tantos años a Madrid. Tampoco se cumplió el de Diana al dejarla Alfonso plantada en el altar, pero como decía la abuela de su amiga, no hay mal que por bien no venga, y gracias a eso había podido encontrar en el bajista al hombre de su vida.

La verdad es que la vida de las tres jóvenes había cambiado mucho desde que Extrarradio aterrizó en Valencia aquel abril, pero seguían siendo las mejores amigas y se ayudaban a sobrellevar la pena por estar lejos de sus chicos. La idea era que volvieran a casa antes de navidad, y se les estaba haciendo eterno.

Sofía miró su móvil, más por inercia que por otra cosa, pues había cuatro horas de diferencia con Santiago de Chile y Ángel a esa hora estaría durmiendo. Él le había mandado un mensaje por la tarde y ya le había advertido que, posiblemente, no podrían hablar hasta el día siguiente pues el grupo tenía una entrevista y luego una actuación, por lo que acabarían a las tantas. Suspiró. Saberlo no evitaba que lo echara de menos...

El sonido del timbre la sacó de sus pensamientos. Al principio le extrañó por la hora que era, pero, mientras se levantaba para acudir a abrir, recordó que Marina le había comentado que alguien había ido a preguntar si quedaban plazas para inscribir a su hijo y que era muy posible que fuera a ver la guardería y a que le entregara la documentación. Tal vez, esa persona quería que el niño empezara ese mismo día y deseaba arreglar el papeleo antes.

Al abrir, le impresionó encontrarse con aquel hombre que esperaba afuera. Tendría su misma edad, quizás un año o dos más, alto, bien formado, de pelo oscuro y largo por los hombros y muy bien cuidado, brillante. Su barba ocultaba unas facciones masculinas y agradables. Sí, era muy guapo, aunque a ella no le atrajo su atractivo, sino el brillo de sus ojos, su sonrisa... Su corazón le dio un inexplicable vuelco, pero lo achacó a que, tal vez, esperaba encontrarse con alguien mayor. Además, no pudo evitar sonreír ampliamente al ver que llevaba una camiseta de XTRD bajo la cazadora de cuero, que llevaba abierta.

—Buenos días —la saludó el joven, sacándola de su ensimismamiento. Su voz era profunda y su tono era hipnótico, atrayente, parecía desprender música.

—Perdón, buenos días —se disculpó, haciéndose a un lado, e indicándole con una mano que pasara—. Imagino que quería ver la guardería.

—No estaría mal —decidió él, obedeciendo—. Pero no me hables de usted —le pidió en tono bromista—. Se me hace un poco raro. Mierda... —exclamó de pronto. Era tan alto que había chocado con una calavera de papel que pendía del techo del pasillo. Sofía no pudo evitar reírse.

—Perdón —volvió a disculparse. Se tapaba la boca con una mano, pero era imposible reprimir la risa al verlo liarse a manotazos con el recorte para quitarlo de su camino—. Sería más fácil si lo arrancaras —le propuso ella, y él, ni corto ni perezoso, le dio un tirón.

—Estas cosas son peligrosas, las carga el diablo —dijo con forzada seriedad, dándole la maltrecha calavera, y ella se carcajeó con ganas—. No te rías que casi me saca un ojo —añadió con un mohín infantil—. Creía que ya había pasado Halloween.

—Sí —afirmó, un poco más calmada—. Son los vestigios de la fiesta que organizamos el otro día. No nos dio tiempo a retirar los adornos. Por eso he venido más temprano, me has pillado de milagro.

—Y tanto… —murmuró el por lo bajo, con socarronería.

—¿Cómo? —le preguntó, al no haber podido escucharlo.

—¿Tienes una escalera? —cambió radicalmente de tema, señalando hacia la fila de calaveras que recorría el techo del pasillo.

—¿Qué? —inquirió, sorprendida—. No pretenderás…

—No querrás hacerlo tú en tu estado, ¿no? —demandó con cierto malestar que a ella le llamó la atención. ¿Y cómo sabía que ella…? Bueno, en vista de la camiseta que llevaba puesta, era fácil suponer que era fan del grupo, y algunas revistas ya se habían hecho eco de la noticia de su embarazo—. ¿La escalera? —insistió.

Sofía lo acompañó hasta el cuartito donde la guardaban y, ante su atenta mirada, retiró toda la decoración que pendía del techo de la guardería.

—Ya está —anunció él, bajando de la escalera—. No he tardado nada y hemos evitado un posible accidente —añadió mientras la plegaba y la dejaba en la pared—. Ángel se cabrearía mucho si supiera que te he dejado hacerlo.

—Discúlpame, pero ¿es que lo conoces? —demandó, extrañada—. Puedo entender que eres seguidor del grupo —señaló su camiseta—, pero…

—Lo conozco antes que tú —le respondió con cierto aire fanfarrón. Sin embargo, a ella no le molestó, pues le resultó tan extrañamente familiar que le provocó curiosidad, y así lo entendió él—. Al igual que a ti. Te conozco desde que naciste.

Su curiosidad se tornó en extrañeza, y después pasó a convertirse en una disculpa; debía ser alguien del barrio que no recordaba.

—Pues no caigo —admitió Sofía—. ¿Vivías en el barrio de la Pedrota?

El joven rio por lo bajo, aunque se pasó un nudillo por la nariz, disimulando. En cambio, a la maestra no le pasó desapercibido que estaba disfrutando con la situación.

—No me digas que éramos vecinos —exclamó ella, estrujándose los sesos intentando recordar.

—No exactamente —respondió él, divertido—. Imagino que he cambiado mucho desde la última vez que nos vimos, hace trece años.

Un escalofrío recorrió a Sofía de pies a cabeza. Dio un paso atrás y se apoyó en la mesa del aula en la que aún estaban. Trece años atrás su vida dio un giro de ciento ochenta grados del que todavía no se recuperaba, y ese hombre se lo traía a la memoria con demasiada facilidad, sobre todo de una forma que escapaba de toda lógica.

—¿Quién eres? —preguntó en voz baja. Temía su respuesta, aunque no sabía por qué.

—Creo que lo sabes —le contestó. Ya no había ni pizca de diversión en su voz grave, y Sofía sentía que el alma se le escapaba del cuerpo—. Y yo sé que no me has olvidado, que piensas en mí cada día. Que siempre llevas una foto mía contigo para mirarla, para que mi recuerdo no se convierta en un rostro que se desdibuja…

—¿Cómo dices? —inquirió, asustada—. ¿Quién eres? —insistió, alzando la voz y rodeando la mesa para que se interpusiera entre los dos.

—Cálmate —le rogó, levantando las manos en un gesto de rendición—. Por favor, Sofi, tranquilízate. Me han permitido bajar tras asegurarles por activa y por pasiva que tú y el niño estaríais bien —agregó, preocupado—. No tengas miedo —le suplicó.

Pero ella ya no estaba asustada. Tal vez al borde del infarto al latirle tan rápido el corazón, mientras los ojos se le llenaban las lágrimas. Se sostuvo en la mesa y respiró hondo.

—Sofi…

—No puede ser —gimió ella, temblorosa—. Solo había una persona que me llamaba así…

—Yo —sentenció él, empezando a acercarse con lentitud—. Ni soy un espejismo ni un chalado que ha investigado tu vida —le aseguró. Entonces, se arremangó la cazadora y dejó al descubierto su antebrazo izquierdo. Al llegar a su altura, lo alargó hacia ella, y con la otra mano apuntó a una marca que señalaba su piel—. Creo que esta cicatriz te suena…

Sofía ahogó una exhalación. Claro que la recordaba. Era la marca del mordisco que ella le dio a… Las piernas le fallaron, pero él estaba ahí para sostenerla y no dejarla caer.

—Juancar… —gimió entre sollozos. Se agarró de sus bíceps mientras hundía su rostro en su pecho. Y su olor la inundó, transportándola hasta aquella infancia llena de su voz, sus ojos, de su sonrisa insolente y abrazos como ese—. ¿Qué es esto? Me estoy volviendo loca, ¿no? Tú estás…

—Sí, pero hoy es un día especial… Es el día de los difuntos —añadió, como si eso lo explicara todo—. Me he convertido en un buen chico y me han obsequiado con este momento contigo.

Sofía quiso decirle que él nunca fue un mal chico, y que su rebeldía no eran más que arranques de disconformidad de un niño que había tenido que crecer más rápido de la cuenta, pero no podía pronunciar palabra, abrumada por todos los instantes que hubiera querido compartir con él y que vivió en soledad.

—Pero si vas a estar todo el rato llorando, mal vamos —bromeó él con aquella chulería tan suya, tan familiar, y ella rio entre lágrimas.

Él le levantó la barbilla con dos dedos y comenzó a enjugar su cara con el dorso de la mano.

—Estás muy guapa. El embarazo te está sentando de maravilla —alegó en tono travieso.

—Juancar, ¿por qué…?

—Quiero que seas feliz, que lo seas del todo —susurró, serio, acariciándole la mejilla con los nudillos, y su tacto era puro sosiego…

—Lo soy —le aseguró—. Ángel…

—Lo sé —respondió, con sonrisa torcida, de suficiencia, y ella lo miró suspicaz, asaltándola la idea de que él había tenido algo que ver—. La cuenta pendiente es entre tú y yo.

Sofía se apartó y se apoyó en la mesa, cabizbaja, avergonzada. Sentía la mirada escrutadora de su hermano sobre ella, traspasándola, como antaño, como cuando no hacían falta las palabras entre ellos para entenderse.

—Seguimos siendo los mismos —dijo él, haciéndose eco de sus pensamientos—. Te conozco, Sofi, pese al tiempo, pese a la muerte…

La maestra levantó la cabeza. Que lo escuchara de sus labios, que lo dijera en voz alta… Ese dolor con el que había convivido tantos años tomaba forma, se le clavaba en el pecho, arraigado en su corazón.

—Sé que lo sientes, siempre lo has sentido —recitó en tono suave, acercándose a ella—, pero no es tu dolor lo que me honra, Sofi, ni que te sientas culpable por haberte alegrado de que él siguiera vivo.

Sofía ahogó un sollozo, tapándose la boca con una mano. Juancar la envolvió entre sus brazos y ella se dejó abrazar, necesitándolo, como nunca en toda su vida.

—No me fallaste, ni me abandonaste cuando el alivio, la felicidad de saberlo vivo te hizo mirar hacia otro lado, hacia él —continuó—. La vida hay que celebrarla.

—Yo… —titubeó.

—¿Crees que hubiera sido justo para Ángel que se lo reprocharas, que lo culparas de mi muerte, tal y como hizo el… energúmeno de su padre? —farfulló, y Sofía lo miró con espanto—. Sé que nunca lo consideraste culpable, pero Marcelino lo maldijo hasta el día en que nació —añadió, tensando las mandíbulas, aunque exhaló profundamente para deshacerse de aquel conato de ira—. Lo más sencillo era culparlo —dijo más calmado—, siempre necesitamos un culpable y…

—Y por eso Ángel se fue —lamentó ella. Juancar asintió.

—Pero, pese a todo, vuestro amor siguió vivo, lo sigue estando, y ahora más que nunca en ese niño que crece en tu vientre.

—¿Niño? —demandó, dejando que la ilusión se abriera paso entre las lágrimas.

—No puedo responder ciertas preguntas —le advirtió con exagerado tono serio, tanto que ella no pudo evitar reírse, aunque seguía sonando demasiado triste—. Pero te diré que siempre me ha gustado mi nombre y que haberme tenido como hermano te da cierta experiencia que te vendrá muy bien —bromeó.

—Dejarte sin postre funcionaba a la primera —alegó, alzando el rostro para mirarlo.

—Malvada… —se quejó él, fingiéndose dolido, aunque acto seguido comenzó a negar con la cabeza mientras le secaba las lágrimas—. No, no lo eres. Eres la persona más buena que conozco, admiro la mujer en la que te has convertido, y mereces ser feliz. Prométeme que lucharás por serlo.

—Esto… me suena a despedida —musitó, descorazonada.

—Debo irme, aunque nunca lo haré del todo —le sonrió—. Ángel acapara todos tus sueños, pero trataré de hacerme hueco y quedarme con alguno —alegó, con su sonrisa de bribón.

Sofía lo miró sorprendida.

—Mamá ha tenido esta noche uno muy bonito… espero —sonrió, rascándose la cabeza como el niño travieso que siempre fue, y la joven lo miraba embelesada, recordando, empapándose de todos esos mohines y gestos tan suyos y que nunca quiso olvidar.

Entonces, él la abrazó, con fuerza, y Sofía lo escuchó ahogar un sollozo, aunque también notó que se secaba las lágrimas.

—Te prometo que lucharé por ser feliz —murmuró la maestra, pues, por un momento, era él quien buscaba su consuelo—. ¿Necesitas algo más?

—¿Tú también? —trató de bromear, y ella frunció el ceño, extrañada—. Pensad en mí, no dejéis que mi luz se apague —le pidió en susurro.

—Nunca —aseveró ella contra su pecho.

—Lo sé —dijo él, suspirando, y Sofía pudo sentir que lo hacía en absoluta paz—. Es el momento —le anunció. La muchacha asintió, aunque su corazón negara con fuerza, pero la resignación era una buena compañera para hacerlo más llevadero—. ¿Quieres ver mis alas? —le preguntó de pronto, con deje travieso.

—Claro —respondió con una risita.

Un soplo de aire le removió el cabello cuando Juancar las desplegó, y Sofía dio un paso atrás, asombrada, para admirarlas en toda su plenitud. Eran blancas, brillantes y esponjosas, y de tal envergadura que abarcaban casi toda el aula.

—Hasta pronto —le aseguró él.

—Hasta pronto —repitió ella, afirmando con la cabeza y rogando por que así fuera. Sabía que lo sería.

Entonces, vio que el centro del pecho de su hermano comenzaba a irradiar una deslumbrante luz, dorada y cegadora, y que Sofía contempló mientras pudo, hasta que tuvo que cerrar los ojos. Tal y como esperaba y temía, Juancar había desaparecido cuando los abrió. Se echó a llorar, pero no quiso que su corazón se tomara aquella despedida como una nueva pérdida, como si hubiera perdido a su hermano dos veces. Sus lágrimas eran de alegría por aquel obsequio divino que le hacía ver su pasado y su futuro con nuevos ojos.

Entonces, su mirada acuosa percibió un extraño brillo en el suelo, en el mismo lugar en el que había estado Juancar minutos antes. Se agachó y se encontró con dos piedras en forma de lágrima de color azul pálido. Su primera reacción fue mirar su anillo, pues las gemas eran idénticas y temía que se hubieran desprendido. Pero no. La joya estaba intacta, y su corazón palpitó con fuerza de la emoción al comprender el origen de esas piedras preciosas y cómo habían llegado a las manos de Ángel. Sofía las cogió con cuidado y las encerró en un puño, llevándoselo a su pecho trémulo por una congoja de dicha y alegría.

De pronto, el sonido del timbre la sobresaltó. Se limpió las lágrimas con rapidez para no recibir a quien fuera de esa guisa. Se apoyó en la mesa para poner en pie y se encaminó hacia la puerta.

—¡Voy! —gritó, al repetirse el timbrazo, y al llegar a la puerta, abrió con premura. Casi se cae de la impresión—. ¡¡Ángel!! —gritó.

Sin decir nada, el cantante invadió la entrada, dejó la maleta tirada en el pasillo y la estrechó con fuerza entre sus brazos para besarla con pasión. Sofía se colgó de su cuello, dejando que él la sostuviera porque sus piernas temblorosas eran incapaces de hacerlo, y disfrutó de la caricia de esa boca que moría por estar pegada a la suya y le robaba el aliento.

—Ángel… —volvió a murmurar cuando sus bocas se separaron. El joven la pegó contra su pecho y le besó la coronilla.

—Pequeña… —gimió él con alivio, como si temiera que nunca más la tendría así de nuevo—. No veía el momento de volver a abrazarte.

—¿Cómo…?

—El concierto de este fin de semana ha tenido que retrasarse por un problema en las instalaciones y teníamos unos días libres —le narró—. Y yo no resistía más sin verte —le confesó, mirándola a los ojos.

Sofía se perdió en los suyos, en esos iris bicolor que siempre la cautivaron, y el amor y la devoción que vio en ellos la dejó sin habla.

—Cruzaría el mundo mil veces por un beso tuyo, pequeña —le susurró, acariciándole la mejilla con el dorso de la mano. En respuesta, ella se puso de puntillas y lo besó. Ángel la devoró con ansia, estrechándola con fuerza. Entonces, notó contra su cuerpo la redondez de su abdomen.

—¿Cómo estáis? —le preguntó, apartándose un poco para acariciárselo con ternura.

—El niño y yo estamos bien —le dijo, él la miró confuso.

—¿Niño? ¿Te has hecho alguna ecografía y no me lo habías dicho?

Sofía negó, dubitativa, aunque solo fue un instante. Bajo la mirada de extrañeza de Ángel, la maestra se apartó para cerrar la puerta. Apoyó la espalda en ella y extendió el brazo, mostrándole el puño que aún mantenía cerrado. Lo abrió con lentitud, dejando al descubierto las preciosas piedras azules. Luego le mostró su anillo, para evitar su misma confusión. Ángel apoyó el costado contra el pasillo, atónito y sin habla.

—Él…

Sofía asintió y se acercó a su chico. Tenía los ojos vidriosos por las lágrimas. El joven la agarró de la cintura y la pegó a él necesitando su cercanía.

—Lágrimas de ángel —musitó Sofía con emoción contenida, mirando aquel anillo con el que Ángel le prometió amor eterno—. Él te trajo hasta mí —murmuró, y él afirmó con la cabeza.

—Me sentía tan culpable que… —agachó el rostro un instante—. Nunca creí merecer tanto amor…

—Solo tú lo mereces —le dijo, acariciándole el rostro—. Solo a ti querré para siempre.

—Ahora lo sé —susurró, besando su frente—. Pero estaba tan ciego que necesité una buena colleja divina para reaccionar.

—Eso es muy propio de Juancar —rio ella—. Yo también me acabo de llevar un buen tirón de orejas —añadió, y su novio la miró sorprendido—. Cuando… —vaciló—. Cuando él murió y tú sobreviviste, yo…

Ángel cubrió sus labios con el pulgar, impidiéndole seguir.

—Darío me lo dijo —le confirmó así que sabía a lo que se refería—. Pero no creí que te siguiera torturando. Lo siento.

—No te disculpes —negó ella—. Era una espinita que tenía clavada, pero él la ha arrancado de cuajo, obsequiándome con una gran paz.

El joven suspiró con alivio, y Sofía se pegó a él. Notó el movimiento de su pecho contra ella con su honda respiración, el latido de su corazón que aceleraba el suyo. Inspiró y se impregnó de su aroma varonil, de la calidez de su abrazo y que pensaba que no disfrutaría en mucho tiempo.

—¿Cuándo te marchas? —le preguntó con tristeza anticipada.

—Nos vamos el lunes —le respondió, y ella alzó la cabeza, extrañada—. Todo Extrarradio ha vuelto, incluso Toni, que tenía que arreglar no sé qué asunto.

—¿Todos? —repitió con alegría.

—Nos esperan en el bar de la plaza, en Aldaia, para desayunar —le confirmó.

—Pero… —titubeó ella, mirando a su alrededor.

—Hablé ayer con Marina, antes de coger el avión. Tienes el día libre —le dijo con sonrisa gamberra—. En realidad, todas lo tenéis. Darío no necesitó esforzarse mucho para conseguirlo porque se metió a Paqui en el bolsillo en cuanto la conoció, aquel día que fuimos a la peluquería a llevar a tu madre —añadió en tono divertido, haciéndola reír—. Raúl sí que tuvo que esforzarse un poco más, pero ya sabes que es el que mejor se desenvuelve en este tipo de situaciones —bromeó, a lo que ella asintió—. Se puede decir que removeríamos cielo y tierra por estar con nuestras mujeres. Te he echado mucho de menos, pequeña —susurró, acariciándole la mejilla con los nudillos.

Sofía alzó el rostro y lo besó. La respuesta de Ángel fue abrazarla con fuerza y devorar sus labios con pasión, la misma con la que le correspondió ella.

—Pequeña… —gimió contra su boca.

—Llévame al piso un momento antes de ir a Aldaia —le pidió ella, con mirada lánguida—. Quiero guardarlas allí —añadió, enseñándole el puño aún cerrado. Ángel asintió, pero tragó saliva, aclarándose la garganta. Aquel brillo ardiente en sus ojos oscuros como la noche lo dejó embobado.

—Sofía… —jadeó mientras la joven besaba su barba—. Si vamos allí primero, no llegaremos a desayunar —le advirtió en un susurro grave y cargado de deseo.

—Me apuesto lo que quieras a que ninguno llega a tiempo al bar —le propuso con mirada coqueta.

Como si se hubiera tratado de una premonición, el móvil de Ángel sonó brevemente en su bolsillo trasero de los vaqueros. Era un wasap en el chat que tenía con sus dos compañeros. No pudo evitar una carcajada.

—¿Qué pasa? —quiso saber Sofía, sonriente.

—Raúl dice que mejor quedamos a comer en su piso —le dijo, sacudiendo las cejas con picardía, y un instante después, sonó otro mensaje, que le hizo volver a reír—. Respuesta de Darío, y mejor no te la leo, que escandaliza a cualquiera a estas horas de la mañana —decidió, mientras tecleaba algo con rapidez para, después, guardarse el teléfono otra vez en el bolsillo.

—¿Qué les has dicho? —le preguntó, rodeándole el cuello con los brazos.

Ángel se inclinó y le mordió el labio inferior con suavidad. Luego se separó un poco y le mostró un puño cerrado con el pulgar hacia arriba.

—Creo que no hace falta más —alegó con sonrisa torcida—. Lo que tengo en mente lo dejo para cuando te tenga en nuestra cama… desnuda —le susurró al oído.

—¿No estás cansado del vuelo? —preguntó, sugerente.

Ángel negó con la cabeza. Después, la apretó contra él para capturar su boca y darle un beso intenso y apasionado.

—Vámonos —le rogó en tono ronco, a lo que ella asintió, mordiéndose el labio inferior donde aún permanecía el sabor de Ángel.

—Dame un segundo para que apague las luces —le pidió.

Sofía se encaminó hacia su aula, seguida del cantante. La escalera que había utilizado Juancar para quitar los adornos del techo continuaba apoyada en la pared, y Ángel se apresuró a guardarla en el lugar que le indicó su novia.

Ella se entretuvo unos segundos, observando aquellos dibujos olvidados en la mesa y el lugar en el que había vuelto a abrazar a su hermano en esa visita inesperada.

—¿Nos vamos ya? —le preguntó Ángel con suavidad, alargando su mano para que ella la tomara.

—Sí —respondió sonriente, aceptándola y agarrándose a él con fuerza.

Antes de apagar la luz, echó un último vistazo al aula, una última mirada que ya rezumaba nostalgia. Luego la alzó hacia Ángel, hacia su sonrisa, hacia esos ojos suyos, extraños y que siempre amó y que le mostraban el camino a su futuro, juntos de la mano, como en ese instante.

En la otra, mientras caminaban ya hacia su coche, seguía apretando esas lágrimas de ángel que se convertían en uno de sus tesoros. Miró a Ángel y él le dio un dulce beso en los labios.

Sí, Ángel era el más valioso de todos, y pensaba conservarlo el resto de su vida.

Vanessa y Darío

Tras dejar a Ángel en la puerta de la guardería, Toni condujo el Audi que había alquilado en el aeropuerto hacia el piso donde Darío vivía con Vanessa. A decir verdad, solo fueron un par de calles, pues la guardería donde trabajaba Sofía estaba en el mismo barrio.

El manager detuvo el vehículo frente al portal, y después de despedirse de él y Raúl, el batería salió del coche. Sin embargo, su compañero también se bajó y se apresuró a ayudarle con el equipaje amontonado en el maletero, aunque, en realidad, no hiciera falta.

—¿Entonces os esperamos para desayunar en el bar de la plaza? —le preguntó el bajista a su amigo, en tono distendido.

—Sí —respondió de forma escueta.

—Tranquilo, tío, seguro que Vanessa te dice que sí —murmuró de pronto, tratando de sonar convencido de sus palabras, y Darío sonrió, comprendiendo que la intención de su amigo al salir del coche era darle ánimos. Sabía lo importante que era el asunto para él.

—Gracias, colega —le respondió, dándole una palmada en el hombro—. Luego nos vemos.

Raúl asintió con la cabeza y levantó una mano a modo de despedida antes de meterse en el coche. El batería los vio alejarse y tomó aire profundamente para aplacar los nervios. Tampoco era para tanto, o eso quería pensar.

Sacó las llaves de la mochila y luego se la echó la espalda mientras abría la puerta del edificio. Apenas había traído ropa consigo, la tenía toda en casa y, además, la primavera en Chile estaba resultando muy calurosa, por lo que era absurdo llevarse a Valencia camisetas de tirantes en noviembre. Tenía preparados algunos recuerdos para Alejandro y Vanesa, pero todo había sido tan precipitado que no se había parado a cogerlos.

Entró en el ascensor y notó que le sudaban las manos, por lo que se las secó con las perneras de los vaqueros. Le vino a la memoria aquella noche que fue a casa de Vanessa a cenar, la primera vez que quedaban a solas, pues quería pedirle que Alejandro y ella fueran con él a Combarro, a las fiestas del Corpus. Joder… Ahora estaba tan nervioso como aquel día. Por fortuna, en aquella ocasión, Vanessa ya tenía sus propios planes, unos muy satisfactorios para ambos, y no solo aceptó viajar con él, sino que podría decirse que esa noche marcó, de forma oficial, el inicio de su relación.

Su preciosa muñeca… Nunca imaginó que se pudiera querer tanto a una mujer. Su relación con Vero le parecía una ridiculez comparado con todo lo que compartía con Vanessa. Bien pensado, la que fuera esposa de su hermano no fue más que una víbora, y alguien con tanta maldad en su interior no podía inspirar en nadie un sentimiento tan profundo e intenso como el amor que Vanessa despertaba en él. Vero solo tenía veneno en las venas, y lo único que había provocado con sus actos fueron desgracias. Casi había destruido a su familia, a su hermano, quien estaba cumpliendo condena por sus delitos y luchaba día tras día por volver a caminar. Sin embargo, Vanessa lo colmaba de felicidad y, aunque ella lo negara, Darío estaba convencido de que ella había tenido mucho que ver en su reconciliación con su familia. Su presencia fue como un soplo de aire fresco para los Castro… Por su parte, su chica aseguraba que gracias a él, ella había aclarado aquel malentendido que la había mantenido separada de sus padres durante demasiados años, por lo que la cuestión solía acabar en tablas. En cualquier caso, Vanessa le obsequiaba con una dicha que jamás soñó con alcanzar, pero que estaba seguro que podría ser aún mayor si aceptaba su propuesta.

El sonido del móvil lo sacó de su ensoñación. Era un mensaje de Raúl. Su compañero debía haberlo pensado mejor y prefería que acudieran a comer a su piso. No era de extrañar, los tres echaban de menos a sus mujeres y por eso no habían dudado en cruzar medio mundo por estar con ellas aunque fuera solo unos días. Respondió con una de sus ocurrencias subidas de todo y, al instante, recibieron un pulgar levantado por parte de Ángel, quien con seguridad estaría ya con Sofía.

Con una sonrisa en los labios, Darío salió del ascensor y caminó hasta la puerta del piso. Miró el reloj. A esa hora, Vanessa ya estaría terminando de prepararse para llevar a Alejandro al colegio antes de ir a trabajar. Metió de forma silenciosa la llave en la cerradura y abrió con sumo cuidado, despacio, y al asomar la cabeza pudo escuchar los tacones de Vanessa que caminaba aquí y allá por el piso.

—Alejandro, cariño, ¿tienes lista la mochila? —le preguntaba a su hijo desde el baño.

—Estoy en ello, mamá —respondió el crío quien seguía en su habitación.

Darío dejó su bolsa en el recibidor y, de puntillas, se encaminó hacia el cuarto del niño, quien estaba de rodillas, metiendo algunas libretas en su mochila. En cuanto reparó en su presencia, el batería se apresuró en hacerle un gesto para que no dijera nada. Sin embargo, el pequeño no dudó en ponerse de pie y correr para abrazarse a él.

—A mamá le va a dar un infarto —murmuró Alejandro, muy bajito—. Te ha echado mucho de menos. Los dos te hemos echado de menos.

—Y yo a vosotros —susurró, agachándose para besarle la coronilla. Luego volvió a abrazarlo. Quería a ese niño como si fuera su hijo—. Termina de prepararte, o llegaremos tarde al colegio.

La cara del chiquillo se iluminó al comprender que tenía la intención de acompañarles. Alejandro era consciente de que el batería no era su padre, pero Darío se esforzaba todo lo posible en parecerlo, en ser esa figura paterna en la que apoyarse, en la que confiar. El niño asintió, sonriente, y volvió a arrodillarse para seguir con lo que estaba haciendo, mientras que el gallego, de nuevo de puntillas, salió de la habitación para dirigirse al baño.

La puerta estaba abierta, así que se asomó con cuidado. Vanessa se hallaba frente al espejo, terminando de maquillarse. Estaba tan concentrada que no se percató de que la estaba mirando. El batería paseó su mirada por aquel cuerpo divino, enfundado en unos vaqueros, que se ajustaban a sus deliciosas piernas, y en un suéter de lana que, pese a esconder sus curvas, no ocultaba su belleza. La deseaba tanto como el primer día, incluso más.

La joven sacó del neceser un pintalabios de color rojo intenso y comenzó a deslizarlo por su exquisita boca, esa que él se moría por besar después de tanto tiempo separados.

—No hace falta que te esmeres con el carmín. Cuando termine de devorar tu boca no quedará ni rastro —murmuró con su voz de barítono.

Como era de esperar, Vanessa dio un respingo, incluso gritó por el susto. El pintalabios cayó con estrépito en el lavabo y, pese a ver el rostro de su marido por el reflejo del espejo, tuvo que girarse a mirarlo de cara para convencerse de que estaba allí, de verdad.

—Hola, mi preciosa muñeca —susurró el muchacho, con una sonrisa torcida dibujada en la cara. Dio un paso al frente y su impresionante anatomía ocupó el hueco de la puerta.

Entonces, la peluquera corrió hacia él y se echó a sus brazos. El batería abarcó su cuerpo con los brazos y la alzó, haciendo que la chica lo rodeara con sus piernas.

—Darío —gimió contra su cuello. Aunque él la estrechaba con fuerza, apenas podía creer que fuera cierto—. ¿Qué haces aquí?

—Se ha suspendido el próximo concierto y tenemos algunos días libres. Ninguno de nosotros ha dudado ni un segundo en aprovechar ese tiempo para venir a veros —le contó mientras seguía abrazándola. Luego, hundió la nariz en su melena rizada y aspiró con fuerza, queriendo embriagarse de su olor—. Si supieras cuánto te he echado de menos.

—Pues deja de hablar y bésame de una vez —le exigió su esposa, y él obedeció sin rechistar.

Jadeó cuando Vanessa lo agarró de la nuca y buscó su boca para exigirle aquella caricia con la que él llevaba soñando desde el día en que se marchó a esa dichosa gira. La música era su pasión, sí, pero esa mujer era su vida entera. La lengua femenina jugueteó con sus labios, hasta abrirse paso para ir al encuentro de la suya, fundiéndose en un beso lleno de deseo y necesidad.

—Ejem, ejem… —Escucharon de pronto detrás de ellos. Se separaron abruptamente y se giraron a mirar.

Vanessa seguía agarrada a su marido como si fuera un pequeño koala, y se bajó a la carrera al ver a su hijo, de pie, a su lado. La pareja no reprimía las muestras de cariño en su presencia, aunque sí contenían su efusividad, y la joven carraspeó un tanto avergonzada mientras se atusaba la melena.

—Puedo decirle a Matilde que me lleve al cole —les propuso el niño con cierta picardía que hizo que su madre se sonrojara aún más.

—No —se apresuró en decir.

—Ni de coña —alegó Darío, revolviéndole el pelo, que llevaba más largo de lo que a Vanessa le gustaría—. A no ser que no quieras que te vean con un rockero famoso —bromeó, pues habían tratado ese tema más de una vez. El batería ya había firmado fotografías suyas para todos los compañeros de clase de Alejandro, y por fortuna, aún eran demasiado críos para llevar móvil, pero no tardaría en llegar la época de los *selfies*.

—Mis amigos son un poco plastas —lamentó él.

—Ya sabes que a mí no me importa —negó. Le puso la mano en el hombro y se encaminaron hacia la puerta, con Vanessa siguiéndoles de cerca.

—Di más bien que te encanta —se mofó su mujer—. Adoras a tus fans, tengan la edad que tengan —añadió, refunfuñando.

—Creo que se refiere a las chicas —murmuró Alejandro, y Darío se inclinó para escucharlo mejor.

—Tranquilo, luego hablaré con ella —susurró, guiñándole el ojo.

Al salir a la calle, se cruzaron con un par de vecinos que saludaron al pontevedrés y se alegraron de verlo. Darío llevaba meses instalado en el piso de la peluquera, por lo que la fiebre del «vecino famoso» ya había quedado atrás y era uno como otro cualquiera. Sin embargo, aún se daban las exclamaciones de admiración entre los chavales del colegio al que iba Alejandro. XTRD había conseguido alcanzar los primeros puestos de las listas de éxitos gracias al nuevo disco y tenían fama entre los jóvenes, por lo que no le sorprendían los cuchicheos y las miradas de asombro al verlo. No faltaba quien se atrevía a acercarse para que le firmara en la libreta de matemáticas, y Darío vivía esos momentos con diversión y, por qué no admitirlo, con emoción.

Por otro lado, y como era lógico, Alejandro se había convertido en un chico popular entre sus amigos, pero el hijo de Vanessa era demasiado sensato para su edad y manejaba la situación mucho mejor de lo esperado. Sí, Darío era una celebridad, aunque en realidad le daba igual. Lo que le importaba era que su madre era feliz, al igual que él. Alejandro nunca conoció a su padre, pero no cambiaría a Darío ni por él ni por nadie. De hecho, desde que el batería se marchó de viaje, el niño tenía algo en mente que no se atrevía a preguntarle. Llevaba días tratando de convencerse de que lo haría cuando regresara, pero esa visita inesperada le había pillado desprevenido.

—Hijo, ¿estás bien? —le preguntó de pronto su madre, sobresaltándolo.

—Sí… ¿Por qué? —se hizo el extrañado.

—Porque te estoy hablando y no me estás haciendo ni caso —respondió, estudiándolo con preocupación.

El pequeño miró a su alrededor, un tanto distraído, y se percató de que ya habían llegado al colegio y estaban esperando que abrieran la puerta. Vanessa, intranquila, se agachó para ponerse a su altura.

—¿Va todo bien? —le cuestionó con cautela—. ¿Algún problema en el cole?

Alejandro la observó en silencio unos segundos, y luego abrió los ojos de par en par.

—No, no —dijo de forma atolondrada.

—Sabes que puedes contarme lo que sea —le recordó ella.

—Claro, mamá —asintió con el ceño fruncido, como si le molestara que dudara de él.

—Entonces, ¿tiene que ver conmigo? —preguntó de pronto el batería, agachándose también—. No has dicho ni una palabra desde que salimos de casa y, la verdad, esperaba que me bombardearas a preguntas sobre mi viaje —agregó, serio—. ¿Estás… enfadado conmigo?

—¡No! —exclamó, inquieto.

—Vale… —resopló el gallego, más tranquilo—. ¿Tal vez… te aburre ir a solfeo? Y como fue idea mía, no quieres decírmelo… —aventuró.

—Me gusta la música —alegó con firmeza.

—Estupendo —sonrió el joven, dándole con el puño en el hombro, con suavidad.

—Pues, ya nos dirás lo que te pasa cuando te apetezca —decidió su madre, tratando de quitarle importancia.

—No es que no me apetezca —refunfuñó el crío—. Es que Darío ha vuelto antes de lo que esperaba y no estoy preparado —añadió, molesto.

El músico miró a su mujer, inquieto, sin saber cómo tomarse esa afirmación. ¿Tal vez quería preguntarle sobre «cosas de chicos»? ¿No era demasiado pronto?

—Tómate tu tiempo —le dijo, intentando sonar despreocupado, aunque por dentro lo corroyera la inquietud—. Pero puedes preguntarme lo que quieras. Trataré de hacerlo lo mejor posible.

—Vale. Entonces, allá voy —decidió, y tomó aire antes de proseguir—. ¿Puedo llamarte papá?

Darío sentía que el corazón se le iba a salir del pecho. Buscó los ojos de Vanessa, que brillaban de sorpresa y emoción, y luego volvió a mirar a Alejandro. Su voz se había atascado en sus cuerdas vocales y no podía hablar, así que lo cogió y lo abrazó con fuerza. Le escocían los ojos y la garganta, pero sabía que el chaval esperaba su respuesta.

—Nada me gustaría más, pero… —hizo una pausa para aclararse la voz—. ¿Yo puedo llamarte hijo?

—Claro que sí —respondió, alegre—. Es la idea, ¿no?

—Tienes razón—sonrió él, revolviéndole el pelo. Al separarse, la cara de Alejandro era la viva imagen de la felicidad y Vanessa se cubrió la boca con una mano, apenas conteniendo la emoción.

—Entonces, ¿vendrás luego a recogerme, papá? —le preguntó el niño.

—Sí, hijo —afirmó, sonriente—. Mamá y yo vendremos a buscarte —añadió, agarrando a la joven por los hombros.

De pronto, la música que hacía las veces de señal para que los alumnos entraran en el colegio comenzó a sonar. Con premura, Alejandro le dio un beso en la mejilla a Vanessa y luego a Darío, y se marchó corriendo para unirse a sus compañeros.

La pareja volvió a ponerse en pie mientras lo veían entrar. El batería mantenía a su mujer pegada a él, y la notaba temblar de la emoción, incluso se enjugó un par de lágrimas con rapidez.

—Veo que no sabías nada —le dijo al oído, cuando ya emprendieron el camino de vuelta.

—No tenía ni idea… Este niño… —suspiró—. Darío, si tú…

—Ni lo pienses siquiera —le advirtió él, aunque su tono era suave—. Adoro a Alejandro, ya lo sabes, y quisiera ser el padre que nunca tuvo. Lo mejor de todo es que parece que él está de acuerdo —añadió, besándole la frente.

Vanessa se limitó a asentir, con la mirada brillante, ilusionada. De pronto, giró la esquina para dirigirse a la peluquería, pero Darío tiró de ella y le hizo variar el rumbo.

—¿Qué haces? —demandó la joven—. Llego tarde a trabajar.

—Tienes el día libre —se jactó él muy pagado de sí mismo.

—Pero…

Vanessa lo miró, reticente, y su marido se echó a reír.

—Es en serio, muñeca —insistió, tomando el camino hacia su casa—. Hablé con Paqui antes de subirme al avión. ¿Crees que después de tanto tiempo sin verte te dejaría irte a trabajar sin más? —añadió con sonrisa pícara.

—Así que ya lo tenías todo planeado. —Vanessa se cruzó de brazos, fingiéndose molesta, mientras el batería abría la puerta del portal.

—Por supuesto —rio él por lo bajo, sin creérselo, y se puso detrás de ella mientras se dirigía al ascensor.

Cuando ella pulsó el botón, Darío se pegó a su espalda. Colocó las manos en su abdomen y la apretó contra su cuerpo, hundiendo la nariz en su pelo, cerca de su oído.

—Lo primero de todo va a ser hacerte el amor —susurró, ardiente, haciéndola jadear—. Te recomiendo que en cuanto entremos en casa comiences a desnudarte —le advirtió en un gruñido cálido—. Ya sabes que a veces pierdo la paciencia y me encanta el suéter que llevas.

El ascensor se detuvo con una ligera sacudida y Vanessa dio un respingo al notar la prominente erección del batería contra su trasero. Salió ella primero, y Darío alargó la mano para pasarle el manojo de llaves y que abriera. Sentía todo el cuerpo tembloroso de la impaciencia y no se veía capaz. De hecho, apenas habían cerrado la puerta del piso cuando el gallego asaltó la boca de su mujer, con pasión desatada. Ella, obediente, se separó un instante para quitarse el jersey, y Darío recorrió con besos cálidos la piel de su escote, lamiendo ligeramente sus pechos para tentarla. Su respiración agitada era una clara prueba de que empezaba a estar tan excitada como él.

La hizo rodear su cintura con las piernas y abarcó su trasero con ambas manos. Mordisqueando sus labios de modo travieso la condujo hasta su habitación, y juntos cayeron sobre la cama. Vanessa comenzó a pelearse con la ropa del joven, queriendo desnudarlo con premura, sentir su piel sobre la suya, y él se deshizo con rapidez de su sostén. Un latigazo de excitación arqueó el cuerpo de la chica cuando cubrió un pezón con su boca y lo lamió con gula.

—Darío…

Vanessa se retorcía de placer y sus manos buscaban la piel masculina. Había conseguido quitarle la camiseta, pero necesitaba más. Forcejeando, logró acceder al botón de los vaqueros y, tras desabrocharlo, metió los dedos por la bragueta y alcanzó su miembro erecto.

—Mierda… Vanessa —gruñó él, apartándose de forma instintiva, pero ella consiguió salvar la barrera de sus calzoncillos y lo abarcó con su palma.

El moreno gimió con fuerza, sobrepasado por la excitante sensación a la que lo conducían sus caricias. Sin embargo, haciendo gala de toda su voluntad, se apartó para arrancarle a ella los pantalones y la ropa interior, y antes de que pudiera impedírselo, la agarró de los muslos y hundió la boca entre sus piernas. La excitación de su mujer lo embriagó intensamente, al igual que sus gemidos. Su sabor resbalaba por su lengua, notaba cómo su carne trémula respondía a su asalto y supo que su orgasmo no tardaría en estallar.

De súbito, se apartó de Vanessa, dejándola jadeante y ansiosa por él, aunque fue por poco tiempo. Se liberó de su propia ropa y no tardó en unirse de nuevo al cuerpo femenino, que se abría para recibirlo, deseoso y anhelante. Darío la penetró de una sola estocada, vencido por su propia impaciencia, por su necesidad, y sentir que la calidez de su esposa lo rodeaba de forma tan exquisita, que lo atrapaba con exigencia y entrega, lo sumió en un frenesí que lo desbordó por completo.

Comenzó a mecerse sobre ella con urgencia y pasión, hundiéndose cada vez más, mientras toda la piel de su cuerpo reaccionaba al contacto de la de Vanessa, despertando todas las fibras de su ser y aumentando la excitación a pasos agigantados. Las manos de la joven se hundían en su espalda, moldeaban sus nalgas, lo apretaban contra ella, pidiendo más placer, que llegara más lejos, más rápido, más intenso.

—Darío… por favor… —le rogaba ella de modo ardiente, contra su oído.

Y él sabía lo que quería. Le exigía no solo su orgasmo, sino que él la acompañara, sentirse llena de él mientras alcanzaban juntos ese devastador éxtasis que los dejara exhaustos y satisfechos. Así que buscó su clítoris con los dedos y presionó sobre su turgente centro, provocando una oleada de placer que la hizo convulsionar a su alrededor.

—Sí… —gruñó él contra su cuello al notar que propio orgasmo estallaba con fuerza—. Oh… Vanessa…

Sus cuerpos siguieron balanceándose, erráticos, borrachos de su pasión, disfrutando de las últimas cenizas candentes de su éxtasis y que poco a poco los iba abandonando. Darío se derrumbó al lado de Vanessa, y la joven se arrebujó contra su marido, buscando su abrazo y su calor.

—Te quiero, muñeca —lo escuchó decir, jadeante aún al estar sin aliento—. Estoy tan loco por ti que soporto con gusto quince horas de avión con tal de hacerte el amor, aunque sea solo una vez.

—¿Cuándo te vas? —gimió ella con pesar.

—El lunes —la tranquilizó. Ella sonrió contra su pecho.

—Ah, bueno, aún nos quedan cuatro días por delante —murmuró, besando sus pectorales, traviesa—. Puedo mandar a Alejandro con mis padres el sábado —le propuso, coqueta—. ¿O ya lo tienes todo planeado, señor Castro?

—Acepto sugerencias —sonrió él, jugueteando con los rizos de su melena, aunque, de pronto, se puso serio.

—¿Qué te pasa? —le preguntó la peluquera, apoyando los antebrazos en su torso—. ¿Todo bien con el grupo?

—Sí, de maravilla, no te preocupes —respondió con rapidez—. Pero… viajar ya no es tan divertido como antes.

—Son solo unos meses, semanas —rectificó—. Y aunque a veces me pongo un poco pesada con el tema de tus fans, en realidad estoy tranquila, porque sé que volverás a mí.

—Siempre —dijo él con ardor, inclinándose para poder besarla con pasión—. Te quiero más que a nada.

—Entonces, ¿qué te preocupa? —demandó, sin saber hasta qué punto inquietarse.

Darío la empujó despacio y la tumbó de espaldas, colocándose a su lado.

—Muñeco, me estás asustando —murmuró la joven al ver su expresión tensa. Él negó con la cabeza y le colocó un rizo tras la oreja, acariciándole la mejilla.

—Es… —titubeó, temiendo no usar las palabras adecuadas—. Es algo que deseo con todas mis fuerzas, pero que no me atrevo a pedirte.

—No creo que haya nada en el mundo que pueda negarte —trató ella de restarle importancia, aunque temblara por dentro del nerviosismo.

—Esto podría ser una de esas cosas —susurró, con tono trémulo—. Es algo que nos incumbe a los dos, sobre todo a ti.

—¿Estás… pensando en que nos vayamos de aquí? —demandó, sin comprender qué podría ser—. Creí que…

—No es eso —le aclaró—. Ya te dije que mi intención, la de todo el grupo, es instalarnos en Valencia, al menos mientras Farnesi sea nuestro productor. Aunque, quizás, sí debamos mudarnos de piso.

—Darío, por favor, déjate de rodeos —le pidió con impaciencia, acomodándose en la almohada para mirarlo con atención—. Dime qué pasa.

—Quiero… —suspiró pesadamente—. Quiero que tengamos un hijo.

A Vanessa le dio un vuelco el corazón, por su petición y por la ternura con la que la pronunció. Pero fue inevitable que viejos fantasmas del pasado asomasen la nariz para torturarla. Y debió evidenciarse en su rostro pues Darío le dio un sentido beso, tratando de borrar aquella sombra con el calor de sus labios.

—Sé lo que estás pensando —se apresuró él—. Yo, en tu lugar, me negaría sin pensarlo. Me consta lo que sufriste cuando ese cabrón te dejó tirada, pero ¿acaso no ves cuánto te quiero? A ti y a Alejandro —añadió para que no quedaran dudas.

—Darío, yo…

—No sé qué narices me ha entrado en la cabeza —admitió, con un resoplido—. No sé si me da envidia Ángel —quiso bromear aunque no dio resultado—, o que este tiempo separados ha hecho que surja en mí la necesidad de crear ese lazo contigo, algo más que nos una para siempre, y… joder, lo siento —se pasó una mano por la cara—. Además de sonar cursi, parece que estoy haciendo chantaje emocional.

—A mí… me gusta cómo suena —murmuró ella de pronto, y él se giró a mirarla, sorprendido, maravillado más bien al ver su mirada azul brillante por una emoción que él no esperaba, que no se atrevía a esperar.

—Muñeca… —jadeó, agarrándola de la mejilla. Se inclinó para besarla mientras su corazón palpitaba con fuerza, invadido por esa ilusión con la que le obsequiaba esa mujer.

—Me da un miedo atroz —admitió ella, pues era absurdo negarlo—. Pero sé que a tu lado, todo lo malo que viví con Alejandro, ahora será maravilloso.

—Lo será, te lo prometo —afirmó él con pasión. La llevó contra su pecho y la estrechó con fuerza—. Estaré contigo en cada prueba, en cada ecografía… Te sostendré el cabello cuando vomites por las mañanas —dijo de pronto, bromeando, y tal y como pretendía, ella se echó a reír.

—Eso ya no ha sonado tan bien —negó Vanessa, entre risas.

—Acariciarte la barriga cuando dé patadas… —murmuró, tocándole el abdomen, sonriente—. Soportar tus insultos y tus gritos cuando estés dando a luz.

Unas carcajadas femeninas se alzaron en la habitación.

—Esa parte me encanta —asintió.

—Pues yo creo que habrá otra parte que nos gustará aún más —decidió él. Se inclinó y mordisqueó los labios de la joven, sensual.

—Darío… —se quejó ella—. Deberíamos esperar a que terminaras la gira. Tengo que dejar de tomar las anticonceptivas, ir al ginecólogo…

—Lo sé, lo sé… —murmuró sobre su boca—. Esto es solo el precalentamiento. Es la primera vez que decido tener un hijo y quiero hacerlo bien.

—Diría que se te da de maravilla —le siguió ella el juego, aunque le resultaba difícil mientras los dedos de su marido recorrían su costado hasta alcanzar uno de sus pechos.

—Quiero estar seguro —continuó él—. Creo que un poco de práctica no nos vendría mal, ¿verdad, señora de Castro? —añadió en un susurro, pellizcando con suavidad el sonrosado pezón.

Vanessa jadeó en respuesta y Darío capturó su boca con la suya. Y mientras sus cuerpos reaccionaban a la pasión de sus caricias, sus corazones palpitaban enloquecidos, rebosantes de felicidad por ese futuro maravilloso que se abría frente a ellos.

Diana y Raúl

Aquellas dos primeras horas en la clínica estaban siendo más tranquilas de lo habitual, sobre todo tras un día festivo. Y para rematar, la compañera de Diana, Ana, había ido a trabajar sin tener que hacerlo pues a ella le tocaba el turno de tarde. No había querido irse a su casa, alegando que ya se había hecho a la idea de trabajar toda la jornada, por lo que estaba atendiendo al único paciente que había en ese momento en el gimnasio de fisioterapia.

Diana, mientras tanto, había terminado de revisar la agenda con las citas. Miró la mesa y, por un segundo, le extrañó verla vacía, sin sus libros de enfermería. Atrás quedó aquella época en la que cualquier minuto libre que tuviera a lo largo de día lo dedicaba a estudiar. Había sido demasiado tiempo, y en el que tuvo que combinar, con verdadero sacrificio, su trabajo con la universidad, y hay costumbres de las que cuesta deshacerse.

Así que, mientras aguardaba al siguiente paciente, sacó su teléfono móvil y comenzó a revisar su última conversación con Raúl. Sonrió mientras sus ojos se iban desplazando por las líneas. Jamás imaginó que fuera un hombre tan romántico. Y pensar que le había resultado un guaperas insufrible el día que lo conoció… Claro, ella ya iba con una idea preconcebida por lo poco que sabía de él a través de las revistas, y con la desconfianza por bandera al no haber terminado de sanar las heridas a causa de lo que Alfonso le había hecho.

Le dio una punzada en el pecho, una inquietud latente a la que no quiso darle demasiada importancia, diciéndose a sí misma que ese hombre formaba parte de su pasado y que se había ido de sus vidas para siempre. Sin embargo, Raúl era su presente y su futuro.

Lo echaba tanto de menos… En cuanto terminó la grabación de su último disco, Farnesi había enviado a Extrarradio a una inesperada gira por Latinoamérica de varios meses, y aún faltaban semanas para que concluyese. La joven le guardaba cierto rencor, simbólico eso sí, al famoso productor. Había pasado muy poco tiempo desde su reconciliación con Raúl, desde su petición de matrimonio en aquella entrega de premios, delante de centenares de personas, incluida la prensa, y la pareja apenas había podido disfrutar de su recién estrenada relación. Aquella intempestiva gira había frustrado sus planes de mudarse juntos al piso, aunque seguían adelante los de la boda. De hecho, Sofía y ella, con la inestimable ayuda de Vanessa, ya estaban inmersas en los preparativos, pues su amiga de la infancia también iba a casarse con Ángel, su amor de juventud y el único hombre en su vida. Tal y como había sido su sueño desde niñas, se casarían el mismo día, una maravillosa boda doble que se celebraría en junio.

El repentino sonido del teléfono de su mesa la sacó de su ensimismamiento, y se apresuró a contestar. Era de recepción.

—¿Sí?

—Diana, soy Sara —le respondieron al otro lado de la línea.

—Dime, guapísima.

—¿Estás muy liada? —le preguntó.

—Qué va, solo hay un paciente y Ana está con él —le contó, mostrando en su tono de voz su aburrimiento.

—Entonces, ¿podrías venir un segundo a la enfermería? —le preguntó—. Resulta que Emi ha tenido que salir un momento, pero hay un chico que ha venido a hacerse una analítica y tiene un poco de prisa.

—No te preocupes, yo me encargo —le respondió—. Ahora salgo —añadió antes de colgar.

No era la primera vez que Diana echaba una mano en la enfermería. En primer lugar, la universidad le había permitido realizar sus prácticas allí y, con más motivo lo hacía desde que terminó la carrera, aunque seguía contratada en la clínica como fisioterapeuta.

Salió del gimnasio y se dirigió a recepción para que le dieran la petición de analítica de aquel paciente, y fue directa al puesto donde se encontraba Sara.

—El chico ya está en la consulta —le informó esta—. Emi estaba a punto de pincharle cuando se ha tenido que ir, así que habrá dejado la orden en su mesa.

—De acuerdo —respondió Diana, afable, y con paso decidido se dirigió a la enfermería.

La puerta estaba entreabierta, así que la golpeó ligeramente y entró, cerrando acto seguido.

—Buenos…

Paralizada, las palabras murieron en la boca de la joven al toparse con aquel hombre que aguardaba su llegada, de espaldas. Pero no necesitaba verlo de frente para saber quién era. Sin embargo, él se giró antes de que pudiera reaccionar. La miró con esa preciosa sonrisa en su cara de ángel, y Diana creyó que iba a desmayarse de la impresión.

—Princesa… —le susurró, y ella notó que su corazón echaba de nuevo a andar.

—Raúl —sollozó, víctima de la emoción, y corrió hacia él.

El músico la recibió con los brazos abiertos, rodeándola con fuerza contra su pecho, y ella se agarró a su cazadora de cuero, refugiándose en ese abrazo que no esperaba hasta dentro de mucho tiempo.

—¿Qué haces a…?

Raúl no la dejó terminar. Le agarró las mejillas y buscó sus labios con urgencia. Diana se sintió desfallecer por ese beso intenso y que le robaba el aliento. La caricia de su boca era insistente. Su sabor, su olor, colmaban todos los poros de su piel, y aun así era incapaz de creer que aquello estuviera ocurriendo, que Raúl estuviera allí, abrazándola, besándola hasta el delirio.

—Diana… —jadeó él, hundiendo el rostro en la curva de su cuello, respirando el aroma de su cabello, largo ya hasta los hombros.

—Raúl, ¿qué…?

—Se ha anulado el concierto de este fin de semana y no hemos dudado ni un segundo en venir a veros —le contó.

Entonces, la muchacha reparó en una maleta cerca de la camilla.

—Acabo de aterrizar —le confirmó—. Toni me ha traído y se ha ido al hotel. Yo voy a instalarme en el piso y tenía la esperanza de que te quedaras conmigo estos días —añadió con sonrisa pícara.

—Claro que sí —respondió, sonriente. Se colgó de su cuello, se puso de puntillas y le dio un beso en los labios—. En cuanto termine de trabajar, me paso por mi casa y cojo algo de ropa.

—Entones, vámonos ya —dijo en tono travieso, y Diana frunció el ceño, sin comprender—. Creo que tienes el turno cubierto. —Enarcó las cejas con fingida suficiencia. La joven abrió la boca de par en par.

—Por eso Ana…

—Me ha ayudado a convencer a tu jefe —alegó, divertido—. Como es lógico, el gimnasio no puede estar cerrado porque al bajista de Extrarradio se le ocurra raptar a la fisioterapeuta —bromeó.

—Con que confabulando a mis espaldas… —se hizo la enfadada, aunque estaba demasiado contenta como para que colase. Su novio se echó a reír y le dio un sentido beso en los labios.

—¿Nos vamos?

—En cuanto me mude de ropa —asintió.

Salieron de la mano y Raúl la acompañó hasta la puerta del gimnasio. Imaginó que tardaría varios minutos pues, además de cambiarse, seguro que hablaría con su compañera para agradecerle el gesto, así que se sentó en la sala de espera.

El catalán se palpó el pecho de forma distraída. El corazón le latía a mil por hora. El viaje desde Chile se le había hecho eterno, una tortura, pero solo por ese beso ya había valido la pena.

Tal y como supuso, Diana tardó unos cinco minutos en salir, con una sonrisa radiante y clavando sus preciosos ojos grises en él. Antes de abandonar la clínica, la pareja se detuvo en recepción, para despedirse de las compañeras de la joven y para darles las gracias, pues también habían sido partícipes de aquel plan.

Diana seguía viviendo con sus padres, a la espera de que Raúl volviera de su gira, y como su casa estaba tan cerca, la chica acudía andando a trabajar. Así que recorrieron las calles de Aldaia cogidos de la mano, aunque el trayecto, que duraría unos cinco minutos, pasó a ser de quince, pues paraban en todas las esquinas a darse un beso. Incluso un par de ancianos que estaban sentados en un banco frente a la puerta de la oficina de Correos los jalearon al verlos.

—Aún no puedo creer que estés aquí —dijo Diana conforme entraban en su calle.

—Fue pensado y hecho —afirmó—. Estábamos en mitad de un ensayo y Toni recibió una llamada telefónica confirmándole que el concierto se suspendía por ciertos problemas en el local. Los tres nos quedamos mirando, y no nos hizo falta hablar. A Toni casi le da un infarto cuando Ángel le anunció que volvíamos a España por unos días —rio por lo bajo—. Aunque el verdadero problema fue Farnesi.

—Cómo no… —rezongó la muchacha, y el bajista soltó una carcajada.

—Bueno, Toni ha sabido manejarlo —añadió después, aunque en su tono ya no había diversión, cosa que Diana advirtió.

—¿Va todo bien? —le preguntó.

—He de admitir que tiene fijación por meterse en lo que no le llaman —tuvo que reconocer—, y bueno… no sé, tal vez sea una de esas extravagancias de la gente rica —bromeó para quitarle importancia.

Al llegar a su casa, la enfermera abrió la puerta y subió el escalón de la entrada. Sin embargo, no pudo continuar pues Raúl la agarró de la muñeca. Había dejado la maleta en la acera y abarcó la cintura femenina con ambas manos, mirándola a los ojos. A Diana le palpitó el corazón con fuerza al mirarse en el precioso azul de los suyos.

—¿Recuerdas nuestro primer beso? —le preguntó el bajista, con voz aterciopelada.

—Aquí no fue nuestro primer beso —le rebatió ella, jugueteando con las hebras de su cabello claro. Raúl se echó a reír.

—¿Te refieres a esa cosa extraña que sucedió entre nosotros cuando fui a recoger la ropa de Sofía? —la pinchó, y Diana le dio una palmada en el hombro.

—No lo llames así —le reprochó, aunque apenas podía contener la risa.

—Fue de lo más patético —continuó él con su broma—. Aunque admito que no estaríamos donde estamos si no fuera porque ocurrió.

La joven asintió, conforme.

—Pero aquí… —prosiguió Raúl, acercándose a ella—, aquella noche no fui capaz de reprimir esas ganas locas de besarte que tuve durante toda la cena.

—Eso no me lo habías contado —murmuró coqueta, pasándole ambos brazos por encima de los hombros.

—Ya me tenías a tus pies, princesa —susurró, con sonrisa torcida.

Fue Diana quien lo besó, estremecida por sus palabras y la emoción de tenerlo allí, de sentir sus brazos estrechándola mientras sus labios poseían los suyos con pasión y necesidad, dejándola sin aliento.

—Tengo el corazón a punto de estallar —musitó ella contra su pecho.

—Te quiero, princesa, y no sabes cuánto te echado de menos —lamentó—. Subamos a por tu ropa, quiero irme ya al piso y estar contigo —dijo contra su pelo.

La joven asintió y abrió la puerta que daba al garaje para que dejara allí la maleta mientras tanto, tras lo que subieron a casa. Al abrir, Diana se dio cuenta de que no había nadie.

—¿Mamá? —preguntó de todos modos para confirmarlo.

Entonces, Raúl la abrazó por detrás y le mordisqueó la oreja, agarrándola por la cintura.

—Mi madre y mi abuela estarán en el mercado y vendrán enseguida, así que mejor estate quietecito —le advirtió, soltándose a duras penas.

El bajista masculló algo ininteligible, pero siguió a su novia hasta su habitación, quien fue directa al armario para sacar una mochila y meter algo de ropa. Raúl se acercó a la ventana, apartó ligeramente la cortina y miró a través del vidrio. Una sonrisa melancólica se dibujó en su rostro al recordar la noche que vagó sin rumbo por aquella calle para acabar fumándose un pitillo frente a esa ventana mientras contemplaba a Diana, estudiando en ese mismo escritorio. Entonces, bajó la vista y se topó con un archivador abierto, lleno de dibujos, o más bien bocetos, de vestidos de novia, para ser más exactos. La firma del diseñador Carlos Haro aparecía en todos ellos.

Con gesto travieso, echó la mirada hacia atrás y comprobó que Diana seguía ocupada con la mochila, así que comenzó a estudiar uno por uno todos los diseños. Eran extraordinarios y todos encajaban con el estilo de la joven, pero al músico le impresionó uno de color marfil con pliegues en el corpiño, pero con una amplia falda. Le parecía muy elegante, y romántico al mismo tiempo, tal y como era Diana.

—¿Qué haces? —inquirió de pronto la muchacha al sorprenderlo con las manos en la masa.

El músico los dejó en su sitio, pero ya era tarde y recibió un pellizco en el brazo por parte de la chica.

—¿No sabes que la tradición dice que el novio no puede ver el vestido de la novia antes de la ceremonia? —le riñó, aunque le resultaba muy difícil reprimir la risa al ver la cara de niño bueno, que no ha roto un plato en su vida, que le ponía el bajista.

—Técnicamente, no son vestidos de verdad —alegó en su defensa—, y tampoco sé cuál vas a escoger, así que…

El catalán enarcó las cejas con suficiencia, y ella resopló, disconforme.

—Vas a estar preciosa con cualquiera de ellos —murmuró, poniéndose serio de repente.

Se le acercó y buscó sus labios. Su beso fue lento, cargado de ternura, de esos que hacen temblar. Diana se agarró a su cintura mientras él acunaba sus mejillas entre sus grandes manos y hacía que su corazón volara. Entonces, la empujó despacio hasta la cama, y sosteniéndola con un brazo, la inclinó hacia atrás para tumbarla. El joven cayó sobre ella, y toda la dulzura que emanaba su beso se transformó en deseo, ardiente y voraz.

—Raúl, no…

—Por favor, Diana —le rogó, mordisqueándole el lóbulo de la oreja, y ella se estremeció ante la repentina y cálida descarga que la recorrió por entero—. No resisto más las ganas de hacerte el amor. Por favor…

La lengua masculina resiguió la columna de su cuello, incitándola, despertando todas las células de su cuerpo, y un jadeo ahogado escapó de su garganta sin poder reprimirlo.

—Cierra la puerta —susurró Diana, vencida a su propio deseo.

El músico obedeció sin titubear. Luego volvió a aquella cama de noventa en la que apenas cabían los dos pero que les bastaba.

Se desnudaron el uno al otro, con dedos temblorosos por la necesidad de volver a sentirse después de tanto tiempo y cubriendo sus pieles desnudas de besos y caricias.

A Raúl le habría gustado recrearse más en su cuerpo, saborearla durante horas a ser posible hasta que Diana estallase de placer sin poder resistirlo más, pero su propio apremio era sofocante, sentía que se consumía si no la tenía pronto.

Para su sorpresa, y su gran gozo, la joven se sentía igual que él, y ella misma lo instó a poseerla con urgencia, a unirse en el abrazo más íntimo, apasionado y estremecedor que pudiera existir.

Entró en ella todo lo despacio que pudo, profundo, posesivo, pero pronto Diana lo atrapó en ese embrujo que lo hacía olvidarse de todo excepto de los deseos de pertenecerle. Se hundió en ella una y otra vez, entregando cada vez más, y ella lo recibía y se le daba de igual modo. El ritmo de aquella danza sensual se tornó errático, los sumió en un torbellino de pasión que desembocó en el más devastador de los éxtasis.

Permanecieron unos minutos uno en brazos del otro, prodigándose palabras de amor y regalándose dulces besos, hasta que Diana decidió que lo más oportuno era vestirse ya, pues era cierto que su madre podría volver en cualquier momento.

—No te hagas el remolón —le reprochaba la muchacha al verlo desperezarse en la cama mientras ella se vestía—. No quisiera que mi madre nos pillara.

El bajista rio por lo bajo, observándola con un mohín travieso.

—Estamos en tu habitación de soltera, haciendo el amor de forma furtiva —enumeró acercándose a ella a gatas—. ¿No te parece haber regresado a la adolescencia? —bromeó. Diana se había sentado en el borde del colchón para ponerse las zapatillas y él aprovechó para tirársele encima.

—¡Raúl! —exclamó, sin poder contener la risa.

—Date prisa en hacer esa mochila —le pidió mordiéndole los labios con suavidad, dejando de manifiesto las ganas que tenía de estar con ella.

—Seguro que termino antes de que tú te hayas vestido —lo provocó, y él, fingiéndose airado por aquel desafío, se bajó de la cama de un salto y comenzó a recoger prendas con rapidez.

La enfermera no pudo evitar reírse y se dirigió hacia el armario para proseguir con su tarea, hasta que esta se vio interrumpida por el sonido del teléfono móvil de la joven.

Lo sacó de su bolso y la recorrió un escalofrío al ver el nombre en el visor, aunque Raúl no se dio cuenta porque estaba terminando de abrocharse las botas.

—Hola, Andrés —respondió la llamada, y el músico alzó la mirada hacia ella, con interés—. Voy a activar el altavoz. Raúl está aquí.

—¿Raúl? —preguntó el teniente, asombrado.

—¿Qué pasa, tío? —lo saludó el aludido.

—¿Tú no estabas de gira? —quiso saber.

—Sí, pero nos anularon un concierto y, como tenemos unos días libres, hemos venido a dar una vuelta —dijo en tono bromista, haciendo reír al policía.

El músico también se rio, aunque Diana se limitó a sonreír mientras se sentaba cerca de su chico, quien la observó con extrañeza.

—Morena mía —se escuchó de pronto de forma amortiguada, como si Andrés hubiera tapado el aparato con la mano—, tu hermano va a pasar unos días en España.

—¡Qué bien! Luego lo llamaré —se distinguió la voz de Cristina aún más lejos.

Diana abrió mucho los ojos, sorprendida y sonriente a partes iguales, pues aquello no dejaba lugar a dudas de que la pareja, por fin, había avanzado en su relación. Vanessa hablaba mucho con su cuñada por teléfono, y la peluquera les había contado a Sofía y a ella acerca de sus dudas, pero estas parecían haberse esfumado y la joven no podía alegrarse más.

—Vaya, vaya, Feijoo —bromeó Raúl, comprendiendo—. Habrá que poneros juntos en la mesa del convite.

—Acaso lo dudabas, Monfort —se jactó el gallego, en tono jocoso.

—No sé, ¿llamabas para confirmar? —dudó.

—No —intervino de pronto Diana.

Al otro lado de la línea se hizo un silencio denso, y Raúl tuvo la certeza de que no le iba a gustar lo que iba a escuchar.

—No te lo había querido decir para no preocuparte estando tan lejos —se disculpó ella, de antemano—, pero hace unos días, Alfonso me mandó una carta.

—¿Una carta? —inquirió, enfadado y preocupado a partes iguales—. Andrés, ¿no se supone que con la orden de alejamiento que conseguimos no podía ponerse en contacto con Diana en modo alguno? —demandó, molesto.

—Tranquilo —le aconsejó el policía, pero al ver sus puños apretados, la enfermera supo que Raúl estaba de todo menos tranquilo. Sabían que era muy poco probable que el periodista ingresara en prisión por airear públicamente su pasado, pero sí creyeron que esa orden los ayudaría a que desapareciera de su vida de una vez por todas.

—Era una carta de despedida porque se marchaba del país y también para pedirme perdón —le explicó la joven, aunque el músico bufó, pues le daba absolutamente igual.

—¿Dónde está esa carta? —inquirió, tenso.

—Está en la comisaría —intervino el teniente—. En cuanto la recibió, Diana me llamó y yo mismo le aconsejé que la llevara lo antes posible para que tuvieran constancia de ello.

—Ese cabrón…

—Escúchame —le pidió Andrés, en tono conciliador—. Le prometí a Diana que haría algunas averiguaciones y por eso llamo —le aclaró—. He hablado con un amigo mío que trabaja en Extranjería, y tenemos constancia de que Alfonso se ha marchado a Australia con un visado de trabajo —le narró—. Así que no tenéis de qué preocuparos, ¿de acuerdo?

Raúl tenía el nervio facial crispado de tanto que apretaba las mandíbulas, y Diana le rehuyó la mirada, bajándola hasta sus manos. Entonces, el bajista las envolvió con una de las suyas, y la muchacha lo miró, con lágrimas en los ojos a causa del alivio.

—Sí, Andrés —respondió él entonces—. Si tú crees que está todo controlado…

—Lo está —aseveró el policía.

—Estupendo —decidió—. Muchísimas gracias, tío. Eres un amigo.

—Para eso estamos —respondió Feijoo—. Os dejo. Que vaya bien la gira.

—Ya hablamos —se despidió Raúl.

Luego, se cortó la llamada. Diana seguía en silencio, con mirada expectante. Entonces, el músico la atrajo hacia él y la envolvió en sus brazos.

—Perdóname —murmuró ella contra su pecho.

—No me gusta que te guardes ese tipo de cosas para ti sola —le dijo.

—Pero…

—Ya… Lo entiendo —suspiró él.

—Te conozco, Raúl —alegó la joven—. Habrías cogido el primer vuelo para venir a solucionar algo que, en realidad, no está en tus manos.

—Tienes razón —admitió, suspirando pesadamente. Luego se apartó y le dio un suave beso en los labios—. ¿Qué vestido de novia te gusta más? —preguntó travieso, queriendo cambiar de tema. Ese cabrón ya había estado a punto de separarlos en una ocasión y no iba a permitir que los pocos días que iba a estar con Diana se vieran opacados por su presencia fantasmal.

—No te lo voy a decir —negó su novia, sonriente.

Raúl la sentó en sus rodillas y la agarró de la nuca para poder alcanzar su boca con la suya.

—No voy a dejar que me engatuse, señor Monfort —le advirtió la enfermera mientras que él seguía acariciando sus labios.

—Espera que lleguemos al piso —murmuró, sugerente.

—No sucumbiré —aseveró ella, aunque le temblaba la voz.

Entonces, Raúl poseyó su boca con ardor, un beso profundo y sensual que anunciaba el tipo de tortura a la que pensaba someterla para averiguar lo que quería. Pero, de pronto, el sonido de la puerta de la casa al abrirse, y después cerrarse, los interrumpió, y Diana dio un respingo.

—¿Mamá? —preguntó en voz alta, poniéndose de pie.

—Salvada por la campana —murmuró Raúl, advirtiéndole con la mirada que aquello no había terminado.

—¿Diana? ¿No te ibas a trabajar? —se escuchó la voz de su madre acercándose desde el comedor.

—Sí, pero…

—¡Raúl! —exclamó Magdalena al ver al joven en pie, junto a su hija. Sin dudarlo, acudió a abrazarlo—. ¿Tú no estabas en Chile? —preguntó, asombrada.

—Nos han dado unos días libres y hemos venido a ver a nuestras chicas —le aclaró, y la mujer sonrió, mirando con gozo a Diana.

—Madre, ¡mire quién está aquí! —Magdalena alzó la voz, girando el rostro hacia el comedor.

Entonces, por la puerta, se asomó una anciana de cuerpo menudo y mirada muy clara y risueña.

—¡Hijo! —exclamó, llena de alegría al ver a Raúl.

Él, sin dudarlo, se acercó a ella y abarcó su cuerpecito encorvado entre sus brazos.

—Hola, abuela Dolores. ¡Qué bien la veo! —le dijo.

—Y mejor estoy —respondió la anciana, en tono alegre—. Acabamos de ir al mercado y me he metido dos porras entre pecho y espalda —añadió en tono exagerado—. ¿Y tú no estabas de viaje?

—Sí, pero…

—Te has quedado muy delgado —lo atajó sin dejarle que se explicara, mirando al músico de pies a cabeza—. ¿Has desayunado? —añadió, indicándole con una mano que la acompañara—. Si nos hubieras avisado, te habría hecho uno de mis bizcochos —continuó diciendo mientras salía ya al comedor, seguida de Magdalena.

Raúl suspiró, consciente de que había hecho bien en citar a sus amigos a la hora de la comida, pues sabía que la señora Dolores no lo soltaría hasta estar convencida de que había desayunado convenientemente. Entonces, vio que Diana salía detrás de su madre y el catalán se lo impidió, cogiéndola del brazo.

—No creas que te vas a escapar de mi interrogatorio —le advirtió al oído.

—Eso va a tener que esperar —alegó ella, coqueta.

Entonces, Raúl la estrechó entre sus brazos y la besó con pasión, un anticipo de lo que le aguardaba en esos días y que ambos, sin duda, disfrutarían.

Toni

Toni farfulló un exabrupto nada más incorporarse a la autovía en dirección a Valencia. Era la tercera vez que recorría esa carretera en menos de dos horas, y estaba, por decirlo finamente, hasta los cojones.

Debía admitir que Raúl tenía razón cuando le dijo, momentos antes de dejarlo frente a la clínica donde trabajaba Diana, que a pesar de que Aldaia estaba más cerca del aeropuerto, si se hubieran detenido allí primero, Darío no habría llegado a tiempo para acompañar a Alejandro al colegio, por lo que Toni llevaba hora y media haciendo de chófer. No es que le molestara realmente, se había chupado millones de kilómetros en sus comienzos en ese mundillo, aún lo hacía, pero, en el último tiempo, le incordiaba hasta el aire que rozaba su piel. Tal vez se estaba haciendo viejo… o quizás esa espina que llevaba clavada desde hacía algunas semanas estaba más profunda de lo que él pensaba.

—¿Farnesi te está dando por culo? —le preguntó Raúl antes de salir del coche.

—Nada que no pueda solucionar —le respondió él con todo el convencimiento que pudo reunir, pero le preocupaba que el bajista se hubiera percatado de que algo no andaba bien. Toni debía encargarse de sus chicos, no al revés. Además, era todo un profesional, su trabajo era su vida, y no debía permitir que estúpidas distracciones lo desviaran de su camino. Estaba ya en los cincuenta, joder, no era un crío susceptible a una revolución de hormonas.

Recorrió los últimos metros hasta acceder al garaje del hotel convenciéndose de que era cansancio por el viaje y por aquella frenética gira que los llevaba de cabeza.

Jodido Farnesi…

Quizás era sugestión porque los muchachos estaban hasta las pelotas del italiano, pero si no hubiera sido porque su reputación lo precedía, habría pensado que era un novato. Y un claro ejemplo era la suspensión del concierto de ese fin de semana. Toni había tenido que emplearse a fondo para terminar de cerrar actuaciones e incluso contratos, revisar condiciones que deberían haber estado establecidas de antemano, antes incluso de coger el avión en Barajas para cruzar el Atlántico. Estaba todo en el aire, como si la decisión de enviarlos al culo del mundo hubiera sido un mal pronto, un arrebato de última hora por parte del productor.

Hasta el momento, el manager estaba haciendo gala de toda su profesionalidad y su paciencia para no mandar al italiano a tomar viento. Había mucho en juego, su productora era un gran respaldo para Extrarradio y una mala contestación podría suponer que todo se fuera al garete, como un castillo de naipes a merced de un suave soplo de brisa. Cuando los chicos decidieron hacer ese viaje relámpago a España, tuvo que echar mano de toda su diplomacia y sus técnicas de peloteo para que Farnesi no se lo pusiera más difícil, pero sabía que se lo haría pagar de algún modo, les pasaría factura, y esperaba que no fuera demasiado alta.

Aparcó el coche de alquiler en una de las plazas reservadas para clientes y, equipaje en mano, subió con el ascensor hasta recepción. Podría decirse que todo su mundo estaba en aquella maleta. Sí, se había comprado hacía años un apartamento en el centro de Madrid, pero su única utilidad era que pudiera constar la dirección en su carnet de identidad. Amueblado, con todas las comodidades, pero sin vida ninguna. No había ni un solo cuadro en las paredes y la mayoría de los cajones estaban vacíos. Había contratado los servicios de una empresa de limpieza para que la adecentaran de vez en cuando y resultara habitable en las pocas ocasiones que hacía noche allí, porque su vida era eso, ir de hotel en hotel, sin echar raíces en ningún sitio. Ya lo intentó una vez y se dijo que jamás volvería a hacerlo, y se daba de cabezazos por haber estado a punto de romper su propia promesa. Por fortuna, todo acabó antes de que fuera demasiado tarde, y la única consecuencia era ese resquemor que se enquistaba en su pecho con el paso de los días. Tenía la esperanza de que en esas semanas se hubiera disipado, pero parecía estar más arraigada aún.

«Tonterías», pensó mientras el recepcionista hacía el *check-in* y le preguntaba si necesitaba ayuda con la maleta.

—No —respondió con cierto fastidio. Sí, estaba cansado, y tenía un *jet-lag* de un par de cojones.

Se dirigió al bar sin ni siquiera pasar por la habitación y se sentó a la barra, en una banqueta alta, dejando la maleta a su lado. Tal vez era temprano para un whisky doble, la disimulada mueca de extrañeza del camarero al pedirle la copa lo dejó de manifiesto, pero con el cambio horario, para su cuerpo eran las tres de la mañana; buena hora para un lingotazo.

Dio un trago e hizo un mohín cuando la aspereza del líquido recorrió su garganta, hasta que su calor reconfortante se expandió en su estómago. Movió la muñeca, haciendo que los cubitos de hielo chocasen contra el vaso. Y a pesar de tener los ojos fijos en el dorado de la bebida, percibió su presencia conforme se acercaba a él. Escuchaba el sonido de sus tacones chocando contra el lujoso suelo del bar y pronto lo invadió un aroma a flores y almizcle; femineidad con un toque de sofisticación. Esa era Gloria.

La miró por el rabillo del ojo. Unos cuarenta años, melena pelirroja por los hombros y rizada, solía vestir casual, de blusa y vaqueros, pero calzando unos *stiletto* con tacón de aguja de diez centímetros que dejaban bien claro la seguridad con la que pisaba, en todos los aspectos.

Vio que llevaba su portafolio. Resopló, aunque en realidad no debía extrañarle su presencia. Eran varios los reportajes que Extrarradio había protagonizado para las hojas de su revista, una de prestigio en el ámbito nacional, todo hay que decirlo, pero Farnesi tenía una extraña fijación por concederles cierta exclusividad. Y si nada más aterrizar, ya le estaba mandando a la periodista a tocarle las narices, la amenaza del italiano de darle por culo iba a resultar que era verdad.

—Buenos días, señor Salazar —lo saludó ella, colocándose a su lado.

Sin mirarla, Toni alzó la copa y dio un pequeño sorbo, con una leve sonrisa de hastío en los labios al escuchar que lo llamaba por su apellido.

—Buenos días, señorita Ramos —respondió con lentitud, dejando la copa en la barra, aunque sin girarse hacia ella—. Gemma, su secretaria, no ha contactado conmigo para concretar ninguna cita —apuntó un tanto mordaz.

—Vuestro viaje ha sido un tanto precipitado y me consta que va a ser corto, por lo que no daba margen a citas con anticipación —alegó ella, en tono profesional.

—No sabía que esta escapada era de conocimiento público —apuntó, sarcástico, mirándola, por fin, con ojos incisivos.

—Es mi trabajo —alegó Gloria, sin amedrentarse ni por la dureza de sus palabras ni de su mirada, como si hubiera tenido preparada esa respuesta de antemano. El manager rio por lo bajo, dando otro trago.

—¿Para qué soy bueno? —demandó con evidente desinterés.

—¿Podría responderme algunas preguntas? —le cuestionó, sin abandonar su papel.

—¿Yo? —inquirió, con un tono de mofa en su repentina carcajada.

—Forma parte de Extrarradio, señor Salazar —asintió ella—. Y muchas de nuestras lectoras se han puesto en contacto con la redacción mostrándonos su interés por usted.

—No lo puedo creer —murmuró, divertido, tras lo que dio otro sorbo.

—¿Quiere que le muestre los correos electrónicos? —dijo, tensa.

—No me refiero a eso. —Se encogió de hombros—. No tengo nada interesante que contar —alegó.

—Tal vez lo haga con las preguntas correctas —insistió ella.

—Seguro —farfulló entre dientes—. Está bien —resopló, con la mirada perdida en el vaso.

Entonces, la periodista tomó asiento en la banqueta contigua. Mientras sacaba su grabadora, el camarero se acercó para ver si quería tomar algo, y ella se decantó por un café con leche, mucho más apropiado a esa hora.

—¿Empezamos? —le preguntó al manager, y este asintió con un leve cabeceo mientras se acercaba la copa a los labios.

—Para Toni Salazar, representante de Extrarradio, ¿qué es el amor? —demandó, y Toni casi se atraganta con el whisky.

—¿Está de coña? —inquirió, entre divertido y molesto.

—Fue el primer reportaje que…

—Lo recuerdo perfectamente —atajó él, enfadado consigo mismo porque tenía razón.

—¿Le repito la pregunta? —quiso saber ella, dispuesta a continuar.

—No hace falta —le espetó volviendo la vista al vaso—. El amor es una mierda.

—No lo es para sus chicos —apuntó la periodista.

—La pregunta era «qué es el amor para Toni Salazar», ¿verdad? —le cuestionó con una mirada dura.

—Entiendo que se ha enamorado alguna vez —prosiguió Gloria, sin inmutarse—. Si no, no habría llegado a esa conclusión.

—Sí, y también es fácil comprender por qué lo considero una mierda, ¿no? —alegó, mordaz.

—Estuvo… casado —tanteó ella.

—No quiero hablar de ello —masculló, furibundo—. O, ¿sabe qué? Sí voy a hablar de ello —decidió de pronto, dejando de un golpe el vaso en la barra—. Para que vea que, realmente, me importa un carajo.

—Lo escucho —dijo la pelirroja, prestándole atención.

—Yo empecé en esto de la música con dieciocho años y por casualidad —comenzó a narrarle—. Soy el mayor de cuatro hermanos, las otras tres son mujeres, y mi padre era electricista. No es difícil imaginar que yo dejé de estudiar muy pronto para seguir sus pasos.

—Hoy en día, tener una carrera está sobrevalorado —murmuró Gloria de pronto, y Toni la miró extrañado, pues no sabía si era una forma de congraciarse con él o porque lo pensaba en realidad.

—Me crie en un barrio de la periferia de Madrid —prosiguió con su relato—. Tenía mi trabajo, un grupito de amigos, y mi novia de toda la vida.

El manager hizo una pausa. En ese momento, maldijo la santa ley antitabaco porque lo que más le apetecía era encenderse un pitillo.

—Aquel verano, la expectación en el barrio era máxima, pues un grupo de rock muy famoso por esa época iba a dar un concierto —le contó.

—¿Qué grupo? —quiso saber ella.

—No creo que los conozca. —Frunció los labios—. Los Módulos.

—Conozco a Los Módulos, Salazar —alegó ella a la defensiva, y él arqueó las cejas.

—El caso es que, una media hora antes de que comenzara el concierto, tuvieron un problema con el equipo de sonido, arcaico comparado con los de ahora, y que iba a obligarles a suspender la actuación —hizo una pausa—. Me imagino que sabrá que las consecuencias de algo así van más allá del descontento de un público insatisfecho.

—Por supuesto —asintió ella.

—Yo estaba entre aquel público impaciente, con mi cuadrilla de amigos, y llegó a mis oídos que tenían un problema —siguió narrándole—. Yo siempre he sido muy curioso y muy echado *pa'lante*, me gustaba leer revistas donde hablaban de nueva tecnología y, ni corto ni perezoso, me ofrecí a echarles un cable, y nunca mejor dijo… Y así me convertí en pipa.

—¿Perdón? —demandó ella, sin saber a qué se refería.

—Supongo que le sonará más el nombre moderno: *roadie* —añadió con cierta mueca despectiva—. Lo cierto es que el término abarca desde un técnico de sonido a un representante, cualquiera que desempeñe una labor para el buen funcionamiento de un concierto y que viaje con la banda —le explicó.

—Sí, eso sí lo sabía —le confirmó ella.

—Pues yo era un simple electricista —retomó la pregunta—, pero esa noche les salvé el culo y me ofrecieron unirme a la gira de ese verano. No me lo pensé… Imagínese. Yo, viajando con Los Módulos —recitó, dibujándose una sonrisa nostálgica en su rostro.

Entonces, percibió la mirada de Gloria sobre él. ¿Era admiración aquello? Carraspeó, sobreponiéndose, y apuró la maldita copa de whisky que se le había antojado demasiado corta. Le hizo una señal al camarero para que le pusiera otra.

—¿Abandonó el negocio familiar? —prosiguió ella con la entrevista.

—En un principio, no —respondió, sintiendo que volvía a dominar la situación—. Durante los meses de invierno seguía trabajando con mi padre, pero cuando comenzaban las giras veraniegas, me unía a ellos. Pese a dejar más de una cara larga en Madrid.

—¿A qué se refiere? —demandó ella, frunciendo el ceño. Sin embargo, en los labios de Toni se dibujó media sonrisa, pues dudaba que no lo supiera.

—Como es lógico, a mi padre no le hacía ni puta gracia que lo dejara tirado en verano, aunque bajara la faena porque la mitad del barrio se iba a Torremolinos —pronunció con retintín—. Y mi novia se unía a su causa, alegando que me echaba mucho de menos. Yo, en cambio, veía la posibilidad de conseguir más dinero, inflar la cartilla del banco y meternos, por fin, en un piso. Lo típico, ¿no? —añadió con cierto desencanto.

—Supongo… —respondió Gloria, sin saber qué decir.

—Pues supone usted mal —replicó él, sarcástico—. Al final de ese tercer verano, cuando volví al barrio, vine a enterarme de que estaba embarazada… de mi mejor amigo.

—Vaya… —lamentó ella.

—Sí, bastante típico, también —agregó tras dar un largo sorbo a su bebida—. Discúlpeme si no me recreo en los detalles escabrosos, pero el caso es que me fui de allí, llamé a la puerta de la discográfica para pedir una oportunidad… y aquí me tiene —concluyó, con una sonrisa forzada.

—¿Cómo consiguió ser representante de Extrarradio? —se interesó ella.

—Puedo decir con orgullo que por méritos propios —respondió con una sonrisa sincera, por primera vez en toda la conversación—. A lo largo de estos años, he ido ascendiendo desde lo más bajo, con mi esfuerzo, nunca me han regalado nada, por eso, cuando les propuse a mis jefes en una reunión que quería buscar un producto diferente, me dieron carta blanca. —Hizo una ligera pausa, rememorando aquellos días—. Me pasé semanas escuchando maquetas, recibimos centenares al cabo del mes, algunas me gustaban, *off the record* le diré que Raúl y Darío estaban entre mis favoritos, pero seguía faltándome la pieza clave. Y un bendito día se me estropeó el coche y tuve que coger el metro. Fue cuando escuché a Ángel tocando en el andén.

—¿Y ya supo que serían un éxito? —preguntó Gloria, maravillada.

—Sí —contestó, rotundo, y rio por lo bajo, como si de repente hubiera recordado algo—. Se conocieron en el propio estudio de grabación —apuntó divertido con su propia broma personal—, yo creo que todavía sienten deseos de matarme cuando se acuerdan. Los presenté, les pasé un par de partituras y los puse a tocar, sin más. Aún se me ponen los pelos de punta… —murmuró, orgulloso del resultado—. Si sin conocerse pudieron conseguir aquel grado de compenetración… Y cada día lo hacen mejor. Además, son amigos, su cariño fraternal es sincero. Nunca en estos años ha habido problemas por rivalidad o desencuentros, y me juego la mano derecha a que eso es uno de los secretos de su éxito.

—No se quite méritos, señor Salazar —discrepó la periodista—. Su profesionalidad y buen hacer ha sido esencial. Por ejemplo, unirse a Marco Farnesi ha resultado una operación ventajosa —añadió ella con cierto tizne mordaz que él no terminó de captar.

—No se crea —replicó, dejándolo pasar—. Alguna que otra vez he metido la pata, la última fue hasta el fondo y aún estoy esperando las consecuencias —farfulló apartando la vista de ella.

—¿Qué quiere decir? —preguntó Gloria.

Toni la miró de reojo, vacilante. Y tal vez era el cansancio, o ese segundo whisky con el estómago y el ánimo vacíos, pero las palabras fluyeron sin pensar.

—Me enamoré —sentenció, y era evidente que a Gloria le sorprendió su afirmación—. Ni más ni menos que de una periodista, lo que equivale a jugar con fuego.

—No le entiendo —objetó ella, un tanto airada.

—Pues ya que estamos, se lo explico —anunció el representante, incisivo—. Se acercó a mí tras aquella entrega de premios en la que Raúl fue galardonado, ¿se acuerda?

Ella se limitó a asentir con la cabeza.

—¿Qué tenéis las mujeres que nos embrujáis hasta hacernos babear como idiotas? —pronunció con resquemor, y la pelirroja se tensó como la cuerda de un violín—. Yo sabía quién era —prosiguió sin interesarle su respuesta—, y me sorprendió que se acercara a mí sin más pretensión que tomar una copa para celebrar aquel galardón. Sin grabadoras ni preguntas… aunque no hicieron falta para que yo hablara más de la cuenta —lamentó—. Hablé aquella noche, y la noche siguiente, y todas las que nos vimos. Me avergüenza peinar canas y haber caído en sus redes como un jovencito ilusionado. —De pronto, se giró hacia ella, aniquilándola con la mirada—. La gente de su profesión debería llevar escrito en la frente aquello de «todo lo que digas puede ser utilizado en uno de mis artículos» —pronunció con excesivo desdén—. ¿Vuestra falta de escrúpulos para conseguir la información forma parte del plan de estudios de la carrera? —demandó, mordaz.

—Yo…

—Me engañó como a un estúpido —atajó sin importarle su posible justificación—. Fingiendo que admiraba mi trabajo, me sonsacó todo lo que quiso y más. Le hablé de la tragedia que marcó a Ángel de por vida, de los problemas familiares de Darío, del pasado oscuro de Raúl… De todo —farfulló, enfurecido conmigo mismo—. Ahora caigo en la cuenta de que nunca mostró un interés particular en mí y pronto comprendí el motivo. Su verdadera intención era escribir una biografía sobre el grupo, aunque esta no fuera autorizada. Y lo cierto es que me parece raro que aún no esté en el mercado —le espetó, incisivo.

Gloria enmudeció, y una sonrisa sardónica se esbozó en los labios de Toni.

—Al menos, lo que le he contado ahora ha sido en pleno uso de mis facultades y con conocimiento de causa. No me extrañará verlo en la portada de su revista —alegó, sarcástico—. Y si no quiere nada más, le agradecería que se fuera. Me gustaría terminarme esta copa, solo —la despachó, lanzando sobre ella todo su resentimiento.

Gloria, por su parte, se mantuvo en silencio. Apagó la grabadora, la guardó en su portafolio, y sin decir una palabra, ni siquiera para despedirse, se marchó.

Toni fijó la vista en el whisky, escuchando el repicar de los tacones mientras se alejaba. Le dolía el corazón con cada uno de sus pasos al haber abierto una herida que él se empeñaba en ignorar, pero que no solo era real, sino que aún sangraba profusamente.

No sabía qué le había dolido más, si el engaño, o que él hubiera sido tan imbécil, pero ambas cosas unidas completaban un cóctel que lo dejaba sin fuerzas.

Después de aquel nefasto desengaño en su juventud, se centró en su trabajo y en ganar dinero. Luego descubrió que estaba tan ocupado que no tenía tiempo de gastarlo, así que su profesión se convirtió en todo su universo. Y nunca necesitó más.

Sí, de vez en cuando echaba una canita al aire, no era un eunuco, pero debía admitir que en los círculos en los que se movía, las mujeres iban a lo que iban, cosa que no criticaba, porque él hacía lo mismo. Una copa en la barra de un bar, para terminar con un polvo rápido en la habitación de un hotel. Y si te he visto no me acuerdo.

Por eso, no le extrañó que ella se acercara, aunque lo descolocaron un poco sus intenciones. Aceptó la copa, pero no su compañía, al menos no de la forma que él tenía previsto. Era guapísima, encantadora, elocuente, y con cierto toque de ingenuidad que le sorprendió descubrir tras su imagen de profesional y de mujer de mundo. Una combinación tan extraña como atrayente, y a él le fue imposible no caer deslumbrado.

Estuvieron riendo y charlando hasta las cinco de la madrugada, sin mayor pretensión que esa. Pero cuando se despidieron, con la promesa de verse el día siguiente para tomar algo, y ella le dio un fugaz y tímido beso en los labios antes de marcharse, Toni se supo perdido. De repente se vio sumergido en todas esas canciones de amor y desamor que cantaban sus chicos, algunas desgarradoras, otras esperanzadoras, pero que todas le venían bien, ajustándose de forma imposible a su estado de ánimo.

Toni Salazar, ilusionado con una mujer… Sonaba hasta ridículo. Y ciertamente lo era en vista del resultado.

¿Cómo había sido tan idiota?

Se olvidó de quién era, de cuál era su profesión, de que no necesitaba grabadora para retener información en su cabeza y luego vomitarla sobre el teclado de un ordenador para escribir el artículo del siglo, o el libro, en este caso. Compartieron noches de pasión y confidencias, y Toni cometió la estupidez de hablar de lo que más quería. Hay quien habla de sus mascotas, o de sus hijos, y él presumió de sus chicos. Joder… Le contó, con pelos y señales, acerca de la muerte de Juancar y el trauma tan profundo que supuso para Ángel; que el hermano de Darío fuera un narcotransportista era un tema aún en boga, por lo que daba para horas y horas; y el exnovio de Diana había aireado el pasado de Raúl, lo que ocasionó su cambio de apellido y aquellas cicatrices en su cuerpo y su corazón y que por fortuna comenzaban a sanar. Le contó lo que nadie sabía, ni debía saber, sobre Extrarradio, así, sin más, creyendo como un gilipollas que esas palabras no saldrían de esa cama.

Y tanto que iban a salir.

Cada vez que pasaba por una librería le entraban los siete males, buscando entre los *bestsellers* la dichosa autobiografía no autorizada de Extrarradio, el grupo del momento. Respiraba tranquilo al saber que todavía no había sido publicada, pero era un sosiego inestable, pues sabía que era cuestión de tiempo. La información provenía de una fuente fidedigna, y tuvo la suerte, según se mire, de enterarse pocos días antes de emprender aquella gira que a él le vino como caída del cielo, pues lo único que deseaba era poner tierra y tiempo de por medio.

Creyó que la olvidaría, que el hecho de que el romance no hubiera sido tal, sino un mero engaño, lo ayudaría a arrancársela del corazón… ¿Es que a los cincuenta aún no se está inmunizado contra ese amor visceral que no te deja pensar en otra cosa? Imaginaba que eso era propio de la juventud, de chiquillos ingenuos que no saben nada de la vida, pero él estaba curtido por el paso de los años y creía que no le afectaría tanto.

En su defensa, o para no tacharse de cretino integral, se decía que aquella espina seguía clavándose en su pecho porque no la había enfrentado, porque no le había dicho en su bonita cara todo lo que pensaba de ella, cuánto la aborrecía ya.

Porque por su culpa, iba a perderlo todo.

En cuanto saliese ese puñetero libro a la venta, era muy posible que el éxito de Extrarradio aumentase aún más, pero él los perdería. Les había fallado, había traicionado la confianza de esos tres muchachos que lo querían sinceramente, que habían depositado sus sueños y su fe en él, y aunque en ese libro aparecieran cosas que, en realidad, un buen detective privado podría averiguar, no era el caso; fue él quien lo contó todo, con lujo de detalles. Y como resultado, su mundo se iba a ir a la mierda por pensar con la polla. No, por no pensar. Por sentir. Y no quería sentir más.

Apuró el whisky y sacó un billete de la cartera que dejó en la barra, suficiente para pagar sus dos copas, el café con leche, y una buena propina, por las molestias. Después, con apatía y profunda desesperanza, agarró la maleta y la arrastró hasta el ascensor y luego entró a su habitación.

«Hogar, dulce hogar», pensó con ironía, observando aquel cuarto que contaba con todas las comodidades, pero que se le antojaba tan vacío.

Su mirada se desvió hacia el minibar y estuvo tentado de buscar whisky entre las existencias, pero desechó la idea y se decantó por una buena ducha y una siesta de quince horas. Se quitó la cazadora y la dejó en uno de los sillones. Acto seguido, se dirigió al cuarto de baño y abrió el grifo de la ducha para que se fuera calentando el agua mientras se desnudaba.

Sin embargo, apenas pudo desabrocharse un botón de la camisa al empezar a sonar unos golpes en su puerta, insistentes, frenéticos, tanto que se alarmó hasta el punto de acudir a abrir sin plantearse quién podría ser.

Desde luego, jamás pensó que sería ella.

—Gloria… —murmuró.

Pero la periodista no dijo nada. Entró en la habitación como un vendaval, lo empujó contra la puerta, que se cerró de golpe, y lo besó con ímpetu, agarrándose a él con todas sus fuerzas.

Toni quiso apartarla, habría jurado por Dios que lo había intentado, pero aún permanecía muy vívida en él la última vez que le hizo el amor, en esa misma habitación. Su perfume invadió sus fosas nasales y su corazón comenzó a bombear con fuerza cuando su dulce saliva penetró en él; palpitaba enloquecido como quien está por fin en casa, como quien alcanza de una vez por todas su destino, y ella no lo era.

La sujetó por los hombros y la separó de él, doliéndole en el alma el tener que apartarse de su boca.

—¿Qué quieres ahora? —la increpó—. ¿No te he dado información suficiente para tu libro y quieres sonsacarme más? —le reprochó con dureza, sintiendo que la ira y el desencanto se abrían paso en su interior.

—No hay ningún libro —gimió Gloria, pálida y con la respiración agitada—. ¡No hay ningún libro! —repitió, alzando la voz, aunque esta se le quebró en un sollozo que trató de reprimir, tapándose la boca con una mano.

—¿Qué? —demandó él, a mitad de camino entre la incredulidad y la sorpresa.

—¿Cómo has podido pensar eso de mí? —le reprochó ahora ella, con dureza, intentando recuperar la compostura aunque sin conseguirlo—. Si querías cortar conmigo, podrías haberte inventado cualquier excusa, Toni —le echó en cara—. Se supone que somos adultos, ¿no? Desapareces sin dar explicación alguna y ahora me vienes con estas…

—¿De qué cojones hablas? —exclamó, asiéndola por los brazos y sacudiéndola ligeramente. La furia a causa de la incomprensión, o de aquella broma de mal gusto, comenzaba a dominarlo y trataba de controlarse por todos los medios.

—De qué… cojones hablas tú —repitió ella, no sin esfuerzo, pues las palabrotas no solían formar parte de su vocabulario—. ¿Un libro? ¿En serio? ¿De dónde has sacado esa barbaridad?

—¡Me lo dijo Farnesi! —estalló el representante, y Gloria dio un paso atrás, más pálida aún que antes, si eso era posible. Era como si toda su sangre hubiera abandonado su cuerpo—. Te he dejado muda, ¿verdad? —apuntó él, mordaz, y aunque la periodista no dijo nada, empezó a negar con la cabeza, una y otra vez—. Y ahora, si me haces el favor… —comenzó a decir, girándose hacia la puerta con la intención de abrirla y echarla.

—Marco es mi exmarido —murmuró ella de pronto, y la mano de Toni quedó aferrada al pomo, paralizada.

—¿Qué? —susurró, mirándola de reojo, pero irguió la postura al ver que abundantes lágrimas recorrían la blanca piel de su rostro.

—Conseguí el divorcio hace tres años —dijo en un hilo de voz—, pero podría decirse que él…

No pudo continuar. Ahogó un sollozo contra una de sus manos y con el otro brazo envolvió su cintura.

—Lo siento… Yo…

De repente, quien sintió unos deseos irrefrenables de marcharse fue ella, y estaba tan decidida que apartó a Toni de un empujón y abrió la puerta. Pero él la cerró de golpe, presionando con su cuerpo y dejándola aprisionada entre la madera y su torso.

—No vas a ninguna parte hasta que consiga entender qué está pasando —murmuró sobre su pelo, tembloroso, al igual que lo hacía ella. Su figura trémula se sacudía contra su pecho, y no pudo evitar que lo asaltara un ramalazo de ternura al sentirla como una niña desvalida reprimiendo un llanto que no quería liberar. La envolvió con sus brazos y la alejó de la puerta, siendo él lo único que la retuviera y sin intención alguna de soltarla.

—Pasa que, antes de hablar conmigo, preferiste creerlo a él, juzgarme y sentenciarme —le reprochó, soltándose de su agarre, pero sin girarse a mirarlo—. O que te vino muy bien para dejarme sin tener que dar ninguna explicación.

—¡Llevo semanas torturándome por lo que sucedió! —se defendió con ardor.

—Y yo llamándote, escribiéndote mensajes día tras día, y no recibí respuesta alguna —replicó dolida, girando ligeramente la cabeza para mirarlo—. Llevo semanas siguiendo vuestros pasos, y cuando supe por una compañera en Santiago de Chile que volvíais unos días a España… Creo que será mejor que me marche —decidió de pronto, enfadada con él, y con ella misma, pero Toni la agarró por detrás y la pegó a su pecho.

—No lo hagas —le pidió, casi le suplicó—. Sé que cometí un error, pero dime que no es imperdonable, que aún existe una posibilidad para nosotros —murmuró, inclinado sobre ella, la boca cerca de su oído—. Dime que por eso has vuelto a buscarme…

—He vuelto porque…

Toni no la dejó continuar. La giró, apresó sus mejillas entre ambas manos y la besó, un beso intenso, lleno de pasión, culpabilidad y esperanza. Sí, esperanza. Porque ella entreabrió los labios para permitir que tomara su boca completamente mientras se colgaba de su cuello y se pegaba a él. Él la envolvió con los brazos y no dejó de besarla hasta no estar convencido de que aquello era real.

—Hazme la pregunta de nuevo —murmuró de pronto sobre sus labios, y Gloria necesitó un par de segundos para comprender a qué se refería.

—Para Toni Salazar, representante de Extrarradio, ¿qué es el amor? —demandó sin aliento.

—Tú, tú… Tú —repitió una y otra vez, depositando cortos besos en su boca—. Y quiero que aparezca en la portada de tu revista —añadió, haciendo que ella se echara a reír.

—No hay ninguna entrevista —le confesó entonces, con sonrisa traviesa—. Es cierto que despiertas interés entre las lectoras, pero van a tener que quedarse con la intriga.

—¿Qué? —inquirió él, confuso, aunque sonriente.

—Tenía la esperanza de que no te negaras a hablar conmigo si te enfrentaba como la periodista, no como la mujer —apuntó, mordiéndose el labio, y pronto él los cubrió con los suyos.

Entonces, sin dejar de besarla, la obligó a caminar hacia atrás y la condujo hacia el baño, donde el grifo de la ducha seguía abierto, olvidado.

—¿Qué haces? —demandó Gloria entre risas al atravesar la nube de vaho.

—Nos merecemos un castigo —alegó, con sonrisa insinuante, mientras comenzaba a desabrocharle la blusa—. Tú por mentirme con lo de la entrevista, y yo por ser tan imbécil —añadió, cayendo la prenda al suelo.

—¿Y a esto lo llamas tú castigo? —rio ella con coquetería.

—Lo será cuando tenga que volver a irme dentro de unos días para terminar esa puta gira —respondió él, en tono duro, recorriendo con los dedos la línea de sus hombros, y la pelirroja comprendió.

Acercó sus labios a los suyos y continuó desabotonándole la camisa hasta quitársela. Sus besos eran suaves, con su lengua lamía fugazmente su boca, y Toni sentía que con aquel simple toque ya le ardía la piel. Gloria jugueteaba con el vello rizado de su torso y se dejó torturar un poco más por esa boca sonrosada. Hasta que él invadió la boca femenina con su lengua yendo en busca de la suya, explorando profundamente la suave cavidad. La dejó sin aliento a causa de su arrebatada pasión, y exhaló de anticipación cuando él, sin previo aviso, la empujó contra una de las paredes del baño y le hizo pegar su espalda a los azulejos tibios por el vaho que calentaba aún más el ambiente.

Perdida en la bruma de deseo a la que la conducía ese hombre con rapidez vertiginosa, cerró los ojos cuando él se arrodilló frente a ella y la libró con premura de los zapatos y el resto de la ropa. Un gemido ahogado escapó de su garganta cuando un segundo después hundió la cabeza entre sus piernas, y asaltó su sexo con gula, voraz. Notaba la lengua masculina rozando su carne más íntima, saboreándola con avidez, mientras sus jadeos roncos golpeaban contra su piel sensible y excitada, haciéndola enloquecer. Gloria tuvo que bajar las manos y agarrarse de su pelo para no caer, pero Toni tenía las suyas aferradas a sus muslos, sosteniéndola y obligándola a abrirlos un poco más para él. Su lengua continuó haciendo estragos en ella, más profundo, más ardiente, y el nudo de su orgasmo comenzó a tensarse en su interior hasta que él lo hizo estallar.

Toni gozó su éxtasis hasta dejarla exhausta, escuchaba su respiración agitada, jadeante, pero apenas le dio tregua. Se deshizo de su propia ropa lo más rápido que pudo, y sin dejar que recuperara el aliento, tiró de ella y la condujo hasta la ducha, recibiéndolos el agua tibia.

—Toni…

—No me digas que has tenido suficiente porque no te creo —murmuró él, grave, ardiente. La había pegado contra la pared mojada y su miembro se coló entre sus muslos, rozando su suave sexo todavía húmedo y palpitante—. Yo jamás tendría bastante… Te he necesitado tanto…

—Te quiero, Toni…

—Y yo, nena —le dijo, mordisqueando sus labios—. Y yo…

Sendos gemidos se alzaron entre el rumor del golpear del agua cuando Toni se abrió paso hacia el interior de su cuerpo. La agarró de las piernas y la hizo rodearla con ellas, aprisionándola contra la pared y entrando aún más profundo. Un gemido ronco le raspó la garganta y ocultó el rostro en la suave curva de su cuello, perdido en su deliciosa carne. Comenzó a bombear despacio, tratando de atar en corto su deseo de embestir con fuerza y que se veía alentado por los jadeos femeninos, ardientes y hechizantes. Quería alargarlo todo lo posible, permanecer dentro de esa mujer hasta que le resultara insoportable dominar sus ansias por ella. Los dedos de Gloria se clavaban en su espalda, moldeaban sus músculos, y arqueaba la cadera una y otra vez para ir a su encuentro, suave, lo que la excitante postura le permitía, pero exigiéndole más de un modo demasiado efectivo.

Toni se sentía al límite… Bajó una de sus manos hasta la intimidad femenina. Sus dedos resbalaron por sus pliegues y Gloria gimió con fuerza cuando alcanzó su clítoris y comenzó a acariciarlo, a torturarlo para provocarle aquel potente orgasmo que la hizo temblar a su alrededor, contra él, y que a Toni le permitió liberarse. Se dejó llevar por el placer y por la profunda emoción de tener de nuevo entre sus brazos a esa mujer cuando creyó que jamás lo volvería a hacer.

—Tal y como te dije antes, me divorcié de Marco hace tres años —le narraba Gloria.

Tras el sensual encuentro en la ducha, se secaron con mimo uno al otro con las mullidas toallas, y Toni la condujo hasta la cama, donde estaban manteniendo aquella conversación que llenaba el vacío que había dejado su separación.

—Creo que aceptó firmar los papeles porque pensaba que me arrepentiría, que acabaría rogándole para que me permitiera volver con él —prosiguió ella, apoyada sobre el torso desnudo del representante, quien la miraba con atención, jugueteando con los rizos de su cabello.

—Su arrogancia me suena —alegó él de malos modos.

—El caso es que, en el último tiempo, se ha acercado más a mí con la excusa del grupo —continuó la periodista.

—Ahora entiendo esa especie de exclusividad —resopló él, disgustado.

—Admito que me ha venido bien —reconoció, apurada—. La competencia es cada vez mayor y Extrarradio está en el candelero. Que mi revista consiga esos reportajes beneficia a la empresa y a mí como redactora. Pero…

—Él se lo tomó por el lado equivocado —supuso, y ella asintió.

—Días antes de que desaparecieras —dijo con cierto retintín—, vino a verme y trató de… de tener algún avance conmigo —añadió con cautela, pero aun así Toni se tensó—. No pasó nada —le aclaró—, pero tuve que decirle que estaba con alguien. Como es lógico, no lo aceptaba, y empezó a echarme en cara todo lo que, supuestamente, estaba haciendo por mí. Se puso muy pesado, insistía una y otra vez, y acabé diciéndole que eras tú —apuntó con cierta culpabilidad.

—Y a él le faltó tiempo para venirme con el cuento de tu libro —farfulló, pasándose la mano por la frente—. Pero ¿cómo iba a pensar yo que había una relación entre vosotros más allá de lo mero profesional?

—No hay ninguna relación…

—Ya me entiendes —atajó él.

—Y tú le creíste —lo riñó Gloria.

—Sí, acepto que caí como un pardillo —dijo sin tratar de justificarse—. ¿Sabes cuántas veces al cabo del día les decía a los chicos que tuvieran cuidado con las mujeres que se les acercaban, que buscaban utilizarlos de las formas más insólitas posibles?

—Esas mujeres son ahora sus parejas —puntualizó ella, reprochándole que fuera tan drástico.

—Sí, y por eso me sentí aún más imbécil —tuvo que reconocer—. Me culpé por haber bajado la guardia, por creer que lo que les había pasado a ellos me podía suceder también a mí, que podía encontrar esa misma felicidad —le contó, avergonzado, aunque también afloraba aquel resentimiento que sintió.

Gloria lo comprendió y pasó los dedos por su barba, una caricia tierna y sincera que lo volviera a la realidad, y la mirada recelosa del manager se tornó cálida.

—Lamento no haber hablado contigo —le confesó entonces—. Me pudo el orgullo y el rencor. Gracias por venir a buscarme.

La pelirroja sonrió, se inclinó sobre él y le dio un beso en los labios, largo y suave. Toni arrastró los dedos por sus brazos, pasándolos por su cuello, hasta sus mejillas. Se las sostuvo para mantenerla pegada a él, e imprimó de pasión aquella caricia que pronto comenzó a despertar su deseo en ellos. La empujó despacio y la tumbó de espaldas, cubriéndola con su cuerpo desnudo que reaccionaba a su piel cálida a pesar de haberla amado hacía escasa media hora. Era cierto que nunca tendría suficiente de ella.

Y, de pronto, la melodía de su móvil quebró aquel instante que prometía ser el culmen de su reconciliación.

—Joder... —masculló el representante, aunque Gloria, por el contrario, se echó a reír.

—¿Debería decirte aquello de «no lo cojas»? —bromeó la periodista.

—Y yo te diría lo de «puede ser importante» —rezongó él, de mala gana.

Finalmente, se levantó y fue en busca del teléfono, olvidado en el bolsillo de su cazadora, para atender la llamada tras una vista fugaz a la pantalla.

—Dime —respondió, pasándose la mano libre por su cabello largo y ondulado.

Mientras tanto, Gloria se había sentado en la cama y lo observaba. Se mordió el labio, traviesa, estudiándolo; muchos jovencitos envidiarían lo bien que se conservaba para su edad. Toni se percató de ello y una sonrisa pícara se dibujó en su boca, tras lo que se dio la vuelta, proporcionándole así una visión plena de sus perfectas posaderas. Ella se echó a reír y se dejó caer en el colchón, aunque se colocó de forma que podía continuar mirándolo, pese a que no era capaz de seguir su conversación con quien fuera que estuviera hablando pues se limitaba a responder con monosílabos. Momentos después, se despidió con un «vale» y, soltando el teléfono en la cama, se subió y trepó por esta hasta alcanzar a Gloria y cernirse sobre ella.

—¿Tienes planes para comer? —le preguntó, mordisqueando sus labios.

—Acaban de esfumarse —le respondió, dándole a entender que lo cancelaba todo por él. A Toni no le pudo satisfacer más su respuesta.

—Entonces, vístete —le pidió, antes de darle un último beso.

Extrarradio

Y ya iban cuatro veces. Toni comenzaba a aborrecer aquella dichosa autovía, pero al mirar hacia el asiento del copiloto y ver a Gloria junto a él, se esfumó el mal humor.

No le había dicho adónde iban, aunque a ella tampoco parecía importarle. Sonreía mientras observaba a través de la ventanilla, y él solo tenía deseos de ir hasta el fin del mundo con esa mujer.

Unos minutos después, y tras seguir las indicaciones del navegador del coche, llegaron a Aldaia. Estacionaron frente a un conjunto de bloques de viviendas de ladrillo de caravista y Toni volvió a echar mano del móvil para comprobar la dirección.

—Es aquí —anunció, llegando a un portal.

—¿Me vas a decir de una vez adónde vamos? —bromeó ella al verlo llamar al telefonillo de uno de los pisos.

—Enseguida lo verás —respondió, dándole un suave beso en los labios. Aunque este se tornó tórrido y apasionado durante el trayecto en ascensor. Toni decidió que, finalmente, había regresado a la pubertad, porque la forma en la que su cuerpo reaccionaba a la cercanía de esa mujer no era muy normal.

Al llegar a la planta indicada, la cogió de la mano y juntos caminaron por el pasillo, sin soltarse en ningún momento, ni siquiera cuando se detuvieron frente a una de las puertas y llamó al timbre. Una gran O se dibujó en el rostro de la periodista al ver que era Raúl Monfort quien abría.

—¡Por fin llegas! —anunció el bajista con socarronería—. Y muy bien acompañado, pillín —le tomó el pelo el catalán al ver las manos unidas de la pareja. Se acercó a su representante y le pellizcó la mejilla.

—Se supone que tú eres el más formal —replicó él, dándole una palmada para apartarlo—. Compórtate, anda —bromeó.

—Bienvenida, Gloria —saludó a la pelirroja con sendos besos en las mejillas, aunque le lanzó una mirada divertida a Toni con la que le advertía que iba a tener que soportar una buena dosis de cachondeo a su costa—. ¡Darío, pon un cubierto más en la mesa! —gritó entonces Raúl, apartándose del umbral para que entrasen.

Gloria se atusó el cabello, cohibida, y fulminando a Toni con la mirada por no haberla avisado. Él, en cambio, se notaba que estaba disfrutando con la situación.

Raúl se adelantó, guiándolos hasta el salón, y allí se encontraron a Diana sentada en una de las sillas, cerca de la mesa, y a Ángel en otra, con Sofía sobre su regazo, acariciándole con mimo su abdomen suavemente abultado.

—¡Tenemos visita! —anunció el bajista, y ninguno de los tres jóvenes ocultó su asombro al ver a Toni acompañado, nada menos que de la periodista, y de esa guisa.

—¡Gloria! —exclamó Diana con sorpresa y alegría, y no dudó en levantarse para ir a saludarla.

—¿Me habías dicho algo? —Irrumpió de pronto en la sala Darío, luciendo un bonito delantal a cuadros rojos y blancos y seguido de Vanessa, quien estaba haciendo las veces de pinche, ayudando a su marido—. ¡Vaya sorpresa! —exclamó, con una gran sonrisa en su cara al ver a los recién llegados, y juntos nada menos.

—Ya te he dicho que he entendido que tenías que poner un cubierto más en la mesa —bromeó su mujer, acercándose a la periodista para saludarla. Todos lo hicieron.

—Bueno, creo que no hace falta que os la presente —dijo Toni, pasándose la mano por el cabello, un tanto apurado por aquel recibimiento. Aunque, bien pensado, tampoco cabría esperar otra cosa.

—Así que este es el asunto que tenías que arreglar —se mofó Ángel, volviendo a ocupar su sitio y llevándose con él a Sofía.

—En realidad, lo ha arreglado ella —tuvo que admitir, y la reportera recibió más de una mirada de aprobación por parte de los muchachos.

—Ya iba siendo hora —murmuró Raúl, haciendo referencia a la soledad de su representante.

—Y tanto —lo secundó Darío—. ¿Una cerveza? —le preguntó entonces a Gloria, a lo que ella asintió, agradecida, y acto seguido

Toni afirmó también con la cabeza al ofrecimiento silencioso del batería quien desapareció en la cocina.

—Pero, sentaos —les dijo Diana.

—Gracias —contestó Toni, sentándose ambos en el sofá—. Y perdón por no avisar, pero quería…

—No digas tonterías —lo cortó Vanessa—. Darío ha hecho comida para un regimiento.

—Así somos los gallegos —respondió el aludido, que volvía al salón con dos latas frías de cerveza.

—¿Y cómo va tu embarazo? —Gloria le preguntó a Sofía, tras aceptar la bebida.

—Muy bien —respondió, afable.

—Es un niño —les anunció Ángel, pues ellos dos eran los únicos que no lo sabían.

—Un Juan Carlos —aventuró Toni, sonriente, y la pareja asintió, visiblemente emocionados—. No sabéis cuánto me alegro.

—Yo también tengo noticias —le contó Raúl, estirando una mano hacia Diana para que se sentara en sus rodillas—. Me ha llamado mi tutor hace un rato. Presento el proyecto fin de carrera en junio, si es posible, claro —añadió con premura.

—Lo será —decidió, categórico, tanto que el trío de músicos se extrañó—. ¿Y tú también tienes buenas nuevas? —le preguntó a Darío en tono divertido.

—Pues sí, aunque son a largo plazo —respondió, agarrando a su mujer de la cintura y dándole un beso en la sien—. Queremos ser papás de nuevo —dijo con picardía—, cuando se pueda.

—Cuando queráis —murmuró el representante para el cuello de su camisa, aunque a ninguno le pasaron desapercibidas sus palabras.

Toni era consciente de su desconcierto, y durante unos segundos sopesó la idea de contarles lo sucedido, o al menos en parte. Sus chicos no tenían secretos con él y Toni tampoco quería tenerlos con ellos, y en cierto modo se sentía culpable de haber provocado, sin pretenderlo, que tuvieran que separarse de sus familias. Sin embargo, no pudo empezar a hablar, pues su teléfono comenzó a sonar. Su semblante se tensó al echar un vistazo a la pantalla, tanto que los tres jóvenes compartieron una significativa mirada de preocupación.

—Voy a activar el altavoz —les dijo, sin informarles de quién era—. Buenas tardes, Marco —respondió entonces, en un tono bastante seco—. No sé en Italia, pero a esta hora, la gente normal suele estar comiendo.

Aquella respuesta fuera de tono no solo alarmó a los músicos, sino también a las cuatro mujeres.

—Toni… —murmuró Gloria por lo bajo, pero el representante negó con la cabeza, dándole a entender que no se preocupara.

—Tenemos un asunto *molto* importante que tratar —anunció el italiano—. Este fin de semana, Extrarradio actúa en Barcelona.

—Ni de coña —le espetó Toni.

—*Scusa?* —inquirió Farnesi, sin poder creerlo.

—Ni perdón ni ostias —farfulló el manager—. ¿Sabes? Ahora mismo estoy con los chicos… Saludad, chavales —les pidió, en tono sarcástico.

—¡Hola! —canturrearon, siguiéndole el juego.

—*Ciao, bello* —se burló Darío, aunque no entendía lo que estaba pasando.

—Y… ¿sabes también qué? Tenemos una invitada muy especial. Gloria —le soltó—. Saluda, cariño —añadió, incisivo.

—Hola, Marco —dijo ella por lo bajo, y el italiano masculló un improperio al otro lado de la línea, al darse cuenta de que estaban al tanto de todo.

—Tienes suerte de que somos unos profesionales —prosiguió Toni—, cosa que tú no eres —apuntó, mordaz—. Con mucho esfuerzo y generosidad por mi parte, podría entender que te inventaras esa mierda del libro para separarme de Gloria, a causa de un ataque de celos propio de un troglodita, pero nos has mandado a la otra punta del mundo, hijo de la gran puta.

—No te permito que…

—¿Qué es lo que no me vas a permitir? —exclamó, poniéndose en pie, con el teléfono en la mano. Los jóvenes, por su parte, trataban de comprender a la velocidad del rayo lo que estaba pasando—. Esa gira es una mierda, Farnesi, la mayoría de los contratos estaban sin firmar, o las condiciones no eran las pactadas —le reprochó—. En toda mi carrera, y te aseguro que es más larga que la tuya, no he visto una chapuza semejante, y todo porque tienes el cerebro en la punta del nabo, del *cazzo*, para que te quede claro. Has separado a los chicos de sus familias… ¡Sofía está embarazada, cabrón de mierda! —le gritó—. Pero te importaba un cuerno enviarnos al infierno con tal de separarme de Gloria. ¿Te das cuenta de lo ridículo que suena, que eres? —lo volvió a insultar.

—Toni…

—Se acabó —le advirtió—. Se acabó esa jodida gira, ¿te enteras?

—No puedes, tienes un contrato de cumplir —lo amenazó, aunque al italiano le temblaba la voz, a causa de la rabia y la impotencia.

—Me juego el cuello a que, de las actuaciones que nos quedan, solo hay una, a lo sumo dos, cerradas —le espetó, furibundo, sin amedrentarse y sin intención de recular—. Y con seguridad se podrán cancelar porque no cumplirán con lo establecido, como todo lo que nos hemos ido encontrando hasta ahora.

—No. Me refiero a que tienes un contrato conmigo —sentenció el productor, y el silencio en aquel salón se hizo tenso.

Toni se pasó la mano por la barba, mientras seguía deambulando por la estancia, como un animal enjaulado, y los músicos se miraban entre sí, sintiendo que su futuro pendía de un hilo. El representante los miró, pero los tres, al unísono y en silencio, le dejaron claro que confiaban en él.

—Sí, pero son muchos los que quieren a Extrarradio —le anunció así que no iba a doblegarlo—. Hay gente haciendo cola con ofertas para trabajar con ellos, ¿no lo sabías? —se mofó—. Llévanos a juicio si quieres, veremos quién ha incumplido qué, y métete tu disco por el culo también —le dijo de malas maneras—. Ángel puede componer una docena de canciones mejores que esas en menos de una hora —añadió, mordaz—. Y seguro que a la opinión pública y al gremio les encantará saber acerca del buen hacer de Marco Farnesi, del gran profesional que eres. Gloria ya está preparando un reportaje, ¿verdad, cariño?

—Sí, mi vida —respondió ella, con firmeza y admiración hacia ese hombre, por su arrojo y su forma de dominar la situación. Y Toni se sintió poderoso ante el apoyo de sus muchachos y la mirada de esa mujer.

—¿Qué va a ser, Farnesi? —inquirió entonces, categórico.

—Hablamos el lunes, si te parece bien —respondió en tono manso—. Se está estudiando un plan de marketing para el lanzamiento del disco. Quiero saber vuestra opinión.

—Estupendo —le respondió, irguiendo la postura y sorprendido por el cambio de actitud del italiano—. Nos vemos en tu oficina a primera hora.

—Buen fin de semana —se despidió.

—Igualmente —le respondió antes de colgar. Luego, se giró hacia los demás y, solo un par de segundos después, los tres chicos estallaron en aplausos y risas.

—Eso ha sido orgásmico —lo vitoreó Darío, recibiendo una colleja por parte de su esposa por utilizar tal símil, aunque ella tampoco podía reprimir la risa, la alegría, nadie podía.

—La verdad es que no he entendido muy bien lo que ha ocurrido aquí —admitió Ángel—, pero lo que sí me ha quedado claro es que…

—Por causas ajenas al grupo, la gira de Extrarradio por Latinoamérica queda indefinidamente suspendida —recitó Raúl con tono impostado, haciendo reír a los presentes.

—Eso es —afirmó Toni, volviendo a sentarse en el sofá, junto a una sorprendida Gloria.

—Aún no me lo puedo creer —tuvo que admitir.

—Digamos que soy bueno en mi trabajo, ¿no? —le guiñó el ojo, con un deje de suficiencia en su voz, mirando con orgullo a sus chicos.

Las tres parejas estaban celebrando, cada uno a su modo, que los músicos no tuvieran que partir a la semana siguiente. La cara de alivio de ellos era evidente, y sus mujeres se mostraban felices, radiantes, y una sonrisa se dibujó en el rostro de Toni.

—Pero ¿esto no afectará a su carrera? —preguntó Gloria, sin poder ocultar su preocupación.

—No —decidió él, rotundo—. Extrarradio tendrá que viajar algún día, salir de España, aunque será en otras circunstancias —aventuró—. Por lo pronto, hay mucho que hacer aquí, además de que el trabajo no es lo único en la vida, ¿no? —demandó, mirándola a los ojos.

Gloria le sonrió y le dio un sentido beso en los labios, cosa que no pasó desapercibida para los integrantes del grupo, quienes comenzaron a silbarle a la pareja.

—Idos a un hotel —bromeó Darío.

—De allí venimos —se cachondeó Toni, arrancándoles carcajadas a todos.

—Pues entonces, habrá que reponer fuerzas —le siguió el juego—. ¡Todos a la mesa! —les ordenó—. El estofado de ternera me ha quedado de rechupete —añadió conforme iba a la cocina en compañía de su mujer.

Antes de obedecer, Toni tomó aire y se llenó de aquella armonía que se respiraba en el ambiente. Como si hubiera leído sus pensamientos, Gloria le puso la mano en la rodilla y le dedicó una mirada cómplice, y al representante le dio un vuelco el corazón. Besó con suavidad sus labios. Su visita inesperada le había dado un giro a su vida de ciento ochenta grados, un nuevo rumbo lleno de perspectivas y sueños, con Gloria, con los chicos… Con su familia. Y él iba a vivirlos todos.

Epílogo

Cuando Juancar orbitó y traspasó las blancas puertas del Cielo, sintió su alma dura y pesada, como un bloque de hormigón. Si hubiera tenido músculos, estos habrían estado tensos y agotados, un reflejo de su propia extenuación.

Nada más traspasar el umbral, su ropa humana se transformó en su acostumbrado uniforme celestial, de un blanco nuclear cegador. Fichó y saludó con un cabeceo al guardia que custodiaba el acceso; que fuera San Pedro hacía mucho que había pasado a la historia. Al levantar la mirada, se alzó ante él, majestuoso e inmaculado, el edificio principal de aquel inmenso complejo habitado por ángeles y criaturas celestiales de todo tipo.

Era consciente de que hacia allí tenía que dirigir sus pasos. Su salida era un caso excepcional, pues había ido mucho más allá del plano onírico, por lo que debía quedar debidamente registrado y él hacer el pertinente informe, describiendo con lujo de detalles todo cuanto había dicho y hecho; una forma de salvaguardar el orden cósmico, decían. Chorradas.

El caso era que estaba hecho picadillo. Los sueños eran algo sencillo, ni siquiera debían salir de allí para conjurarlos, pero él había bajado a la Tierra, y eso requería de un gran esfuerzo. Para empezar, había dotado de corporeidad a su aspecto etéreo; parecer de carne y hueso, y que Sofía pudiera abrazar el cuerpo de un hombre y no una masa espectral, había consumido toda la energía que había estado reservando para ello desde hacía semanas, desde que pidió permiso para descender y se lo concedieron. No fue complicado que le otorgasen aquel privilegio, la situación era, claramente, una deuda que tenían pendiente, y eso era una de las cosas que tenían preferencia a la hora de dar tal dispensa. Cabría pensar que ya no le quedaban más posibilidades de bajar, pero estaba seguro de que hallaría alguna laguna legal entre tanta burocracia para volver a escaparse.

Una sonrisa traviesa se dibujó en sus labios con aquel pensamiento conforme se acercaba al bloque destinado a los dormitorios; necesitaba reponer fuerzas antes de enfrentarse a aquel bendito informe. Recorrió los impolutos corredores arrastrando sus pasos cansados hasta llegar a su habitación. Entró y lo primero que hizo fue dejarse caer en la cama, hundiéndose el colchón con su peso. Sí, los ángeles tenían cuerpo, aunque no la amalgama de carne, huesos y venas de un mortal. Era una masa uniforme y sólida de divinidad y éter, y que les permitía adoptar la apariencia que gustasen. Él se sentía cómodo con su aspecto de treinta y tantos años, pero había quien prefería conservar la misma edad que al morir; una forma como otra cualquiera de aferrarse a la vida que habían perdido, en el sentido melancólico de la palabra. La aceptación era el primer don que se concedía al subir al Cielo para que este no se convirtiera en la morada de una legión de eternos depresivos. Juancar estaba resignado, como todos, pero hay casos en los que quedan ciertas espinas clavadas, cuentas pendientes por saldar, como en su caso, y de ahí que le hubieran permitido bajar.

Iba a tardar un mes, por lo menos, en recuperarse…

—¿Juan Carlos?

Y temía que su reposo iba a tener que esperar.

—Pasa, Lidia —rezongó, levantando ligeramente la cabeza hacia la puerta cerrada.

La dejó caer de nuevo en la cama cuando la vio entrar, pero se movió para poder mirarla mientras ella cerraba de nuevo. Mala señal que lo hiciera…

Lidia había ascendido poco después que él y era de su misma edad. Rubia, de pelo largo hasta la cintura, ojos claros en su cara angelical, y nunca mejor dicho, y fiel amante de las normas. Por eso había escalado puestos y se había convertido en supervisora. En la suya. Y le encantaba, entre otras cosas, echarle la bronca.

—Dime, jefa —murmuró él con desgana, sin levantarse de la cama, y sin intención de hacerlo.

—No has rellenado el informe —dijo ella, en tono seco y con los brazos en jarras.

Juancar alzó la vista hacia la joven y resopló, con hastío y cierto malestar.

—Nada digno de mención —farfulló él, volviendo a esconder la cara en el colchón.

—Yo no estaría tan segura de eso —mantuvo Lidia su tono inflexible.

El muchacho bufó, y con un quejido de fastidio, se sentó en la cama.

—No ha pasado nada extraño —se justificó, sin entender a qué venía aquella reprimenda. Era cierto que no había hecho el informe, pero…

—¿Y qué me dices de las lágrimas? —le rebatió la rubia, alzando la barbilla, y él se tensó.

—Ya lo hice con Ángel —le recordó—. Necesito que sepan que ha sido cierto, si no, no tiene sentido —se defendió con convencimiento, aunque su malestar pronto pasó a ser sorpresa—. Un momento… No he rellenado el santo informe. ¿Cómo es que tú sabes…?

Lidia abrió mucho los ojos y palideció al saberse descubierta. Juancar, a su vez, se levantó de un respingo de la cama y se acercó a ella.

—Has bajado conmigo… —aventuró, entre incrédulo y maravillado.

—Yo… —la joven comenzó a balbucear, sin conseguir hilar una palabra con otra de forma coherente, por lo que empezó a dar pasos hacia atrás, en dirección a la puerta—. Redáctalo lo antes posible —le espetó, dándose la vuelta para abrirla.

Sin embargo, Juancar se lo impidió, agarrándola de la muñeca. Luego, tiró de ella y la pegó contra su cuerpo, haciéndola exhalar del sobresalto.

—Gracias por preocuparte por mí —murmuró—. Pero estoy bien —añadió con cierta suficiencia.

Lidia iba a replicar, pero Juancar alzó una de sus manos y sus dedos resbalaron despacio por la curva de su mejilla, desarmándola y haciendo que su enfado se esfumase. Él lo percibió al notar que su figura se pegaba más a él, laxa, aceptando su abrazo.

—Has estado demasiado tiempo ahí abajo —le reprochó entonces ella, aunque en tono demasiado suave para ser creíble—. Podrías haberte desvanecido.

—Estaba todo controlado —alegó él, con ese brillo canalla de sus ojos que a ella lo encandilaba y su sonrisa de medio lado.

No obstante, Lidia no iba a perder la oportunidad de mostrarle su disconformidad y, frunciendo el ceño, trató de separarse de él. Sin embargo, Juancar se lo impidió de la mejor forma posible. Le pasó una mano por la nuca para sostenerla y la besó. El angelical cuerpo de la muchacha tembló contra el suyo. Besarlo era otra de las cosas que a Lidia le encantaba hacer…

—Perdóname —musitó él sobre su boca—. No pretendía inquietarte.

—Pues lo has hecho —lo riñó ella con un mohín en su expresión dulce.

—Tal vez, pueda compensarte —susurró en tono pícaro.

—Eso no lo dudes —le respondió en un hilo de voz que poco tenía de severo, sino de anhelante expectación.

—A sus órdenes, jefa —dijo Juancar, en un gruñido grave y penetrante, antes de volver a tomar sus labios con creciente pasión.

Dicen que los ángeles no tienen sexo, de ningún tipo… pero no creáis todo lo que escucháis.

Fin

Otros títulos

La Saga de Los Lagos

- Mi corazón en tus manos
- Entre el Sol y la Luna
- Sizigia
- Más allá de Los Lagos

Serie Extrarradio

- Lágrimas de ángel
- …y navegar en tu mar
- Cada vez que te beso

Novelas Independientes

- Bajo la luz de tus ojos
- Proyecto: tu amor (HQÑ)
- Alma Bandolera (HQÑ)

Sobre la autora

Juani Hernández nació en 1976 en Aldaia (Valencia), aunque pasó la mayor parte de su infancia en Picassent (Valencia).

Finalizó la carrera de Arquitectura Superior en la Universidad Politécnica de Valencia, se define como arquitecta de profesión y escritora por devoción.

Su primera incursión en la novela romántica fue «Mi corazón en tus manos», la primera parte de la saga de Los Lagos y que fue publicada en diciembre de 2013. Desde entonces no ha parado de escribir. Ahora está trabajando en la Trilogía Apocalipsis con la que espera sorprender en 2018.

Actualmente vive en Aldaia, donde su principal ocupación es cuidar a sus dos preciosos hijos, aunque siempre se las ingenia para hacerse con un buen puñado de ratos libres y seguir escribiendo.

Si quieres contactar:
www.facebook.com/Juanihernandezautora
@JuaniHdezAutora

Para más información sobre las novelas:
http://juanihernandez76.wix.com/autora

Y búscanos también en el grupo de facebook
https://www.facebook.com/groups/656560904424013

Printed in Great Britain
by Amazon

46773275R00068